亞然

In
Retrospect

重

回

舊

地

目錄

II 從香港，看臺灣

III 失序的世界

IV 開門讀書

推薦序

結伴走入亂世

◎張潔平

讀書留學、漂泊世界、學成回家，中間寫下自己的沿途思考與閱讀筆記，這原本是一個求學者自我梳理的嚴謹計畫。卻沒想到，學成歸來時，世界傾覆，家已變了樣子。

青年作家亞然正面對這樣的局面。《重回舊地》這四個字，原本是他求學筆記三部曲的標題，而事過境遷，在新香港，也有了不一樣的含義。讀亞然的書時，我也正在重讀詩人北島在一九八九至一九九〇年所寫的詩，那是六四事件剛剛發生後一年。北島其中一首〈信〉這樣寫：

你在哪兒
玫瑰的海岬在哪兒

穿過火焰的路在哪兒
不記誓言的山峰在哪兒
身體像蚌殼般合上的
那顆珍珠在哪兒
末日前的狂歡節在哪兒
旗幟上的彗星在哪兒
大霧的中心在哪兒
你在哪兒
我們在哪兒

這也呼應著二〇一九年之後許多香港人的感受。心在舊地，這城卻已換了新顏。千百年來，人類歷史不只押韻，也重複。欲罷不能的，是在這重複的苦難與困惑裡，掙扎求索的人心。

亞然開篇就說，「由荒謬引發的憤怒和絕望，使我們失去反應的能力。」但整本書收錄的文集，正正是他在二〇一九年之後的荒謬局面裡，進行困難的思考、表達，並為自己所做的記錄。

如果說二〇一九年對香港人來說，是"Anything that can go wrong will go wrong."經過了此後三年疫情與政治文明的倒退，我們不得不認知到，已經錯誤的事只會導致接下來更多的事情錯誤，一顆螺絲的鬆脫會讓整個結構在意外發生時更為脆弱，由此，所有人面對的系統性風險都提高了。這樣的負向循環一旦開始，就會延續相當長一段時間，而且可能經歷更為痛苦的過程才能停止。

歷史已然發生，那問題就變成了，人的數十年肉身生命，如果恰好處在這樣一個歷史通道中，我們如何自處？

亞然的求索方向是讀書。他引述錢理群指，魯迅在一九一八年寫《狂人日記》之前，有將近十年的時間完全沉默，那是袁世凱稱帝的前後，魯迅正在北京教育部任職，備受監視。他沒有寫過東西，在毒蛇一般的寂寞中，他說自己「用了種種的方法，來麻醉自己的靈魂，使我沉入於國民中，使我回到古代去。」魯迅抄寫的古書著作，來自一個同樣需要「避文禍」的年代——魏晉時期。

亞然的閱讀同樣回到了歷史上曾經驗過與香港此刻相似的作家、記錄者們，讓自己「讀書避世」，並認為這至關重要。我非常認同亂世要讀書的觀點，因此在讀亞然的書時，常覺得像是同班同學的筆記。看到對方也在讀、思考、表達，讓其他同學可以看見，便覺得寬慰和受到啟發。

閱讀既是分離，也是連接。貝琳達．傑克描述，它讓人們暫時與自己的處境分離，讓作家所建構起的平行宇宙，和那個宇宙中的存在「我」，完全占據我們的內心空間，取代我們自己的處境，並帶我們走向他們的命運，激起我們的情感，動搖甚至轉化我們的想法。這個過程，讓我們更放下自己，接近他人。而在這種連接裡，我們也才能對自己的生活更敏銳，更理解自己所經歷的。

我一直記得中國八〇年代重要的紀錄片《河殤》總策劃蘇曉康在一九八九年之後流亡美國，在普林斯頓大學客居，流亡本已艱難，又逢妻子遭逢嚴重車禍，他們全家一度陷入人生絕境。在低谷時，是余英時鼓勵他，說人生太孤獨，去歷史裡找知音吧。去書裡認識那些高尚的靈魂，人類歷史裡那麼多有趣的、正直的靈魂都將自己交了出來，等著你去打招呼。認識了他們，就不會太孤單。

在余英時去世的紀念會上，蘇曉康沉吟著回憶這段鼓勵，他說自己受益一生。

靜態來看，閱讀是一個人的事，但從思想活動的角度看，閱讀恰恰是一個社群行為，將思想的界線打開，以自己的思想和情感，向不可知的他者與世界連結，向不可知的歷史探索。這種持續的開放與連結，以身為橋的表達，是修復斷裂的唯一方法，也是對抗強權的必要之功。

亞然在這本文集中，所提及的魯迅、許章潤、七等生、唐香燕、查建英、陳冠中等等作家，是他對他們的讀解，也是他與他們的連結，並試圖將這些連結傳遞給更多人。

曾任北京清華大學法學院教授的許章潤，在因為言論不斷遭遇打壓的過程裡，依然堅持表達，他在牛津大學出版社出版的《人間不是匪幫》中說，「說話就得讓人聽見，才能構成對話與交談，讓我們擺脫孤立的私性狀態，獲得公共存在，保持人性。」

臺灣小說家七等生的話也給了亞然很多啟發：「我們也要承認一件事實，個體是互相分離的，是寂寞而孤立的，但精神在天地間卻會適時地會合。個體是自由行動的人，我們無需虛假地做著互抱的親熱，當時刻到來的時候，我們遇見了，我們會察覺出我們是互愛的。」

我在書裡遇見了亂世的同學亞然。相信你也會在這本書裡遇見自己的伴。我們和亞然同學一起讀完臺灣白色恐怖，讀完東歐，讀完北京，讀完集中營的故事，再一起重回舊地，「咬緊牙關，好好留著自己的氣魄、眼光和耐力，靜候悠悠時光。」

（本文作者，張潔平，Matters Lab、飛地書店創辦人暨執行長，前端傳媒總編輯。）

重回（不了）舊地

幾年前，早已定好《重回舊地》這書名。三本書：《孤獨課》、《重回舊地》，就像三部曲，想要記錄讀書留學的日子，從開始到完結、從外地漂泊到學成回家。前兩本已經出版，來到最後一本，也真的正值重回香港、歸來工作的時候，然而，一切都不再一樣，不只是從學生變成了老師，人是回到從小長大的地方，卻沒有久別重逢的喜悅。以為是「重回舊地」，卻又好像回不去了。

香港變了，整個世界都變了。多了疫症、多了規範、多了距離，很多事情都變得陌生。陌生本來不可怕，走在街上總會碰到陌生的人，但當原來熟悉的、可靠的人和事，忽然變得陌生，這種落差就很可怕。回到香港之後，時刻感受到這種可怕，和在這落差前面的無能為力。

二〇二二年年初的時候，接受了一個訪問，訪問的內容大概是關於在這個年頭，好端端一個年輕人，為何還選擇研究政治、投身政治的學術研究。刊出的訪問，下的標題是「明知山有虎，仍在虎山中」，看起來，好像很勇敢、很有大志，我自己也疑惑現實是否如此。

回想當初選擇投身學術、研究政治，也一邊書寫創作，其實知道此路難行，讀大學的年代，先後經歷了反國教和雨傘運動，多少體會到自由民主的遙遠。但畢業後仍決定繼續往前而且愈走愈遠，是因為相信這個過程縱然漫長，但出於理想和責任，都應該參與其中。明知山有虎，但堅持上山的人還有許多，那些走在前面的，都是我所尊敬和學習的人。

但很顯然，山上的老虎遠比想像中可怕，前面的人，或倒下、或離開，自己也經歷著前所未有的迷惘，無時無刻都在想：是否可以繼續？繼續的話，如何能夠安全？還是應該離開？離開的話，應該是什麼時候？幾乎每天都思考這些問題，不甘心、不安心。想起剛剛投身寫作的時候，何曾覺得如此束縛？無力的侵襲，是持續不斷而且不斷疊加，甚至沒法再裝作一切如常。常常覺得，在不講道理、不講邏輯的世界，無話可說，但輾轉還是沒有放棄，寫下這些文章。

這書的初稿，其實準備好一段時間，但一直就放在一邊，因為文章都寫在兩三年前，正是香港和整個世界出現劇變的一個時候，回看、編整這些文字，很不容易。這些文章，多是一直以來讀書的筆記，讀書、寫筆記，早成習慣。記下來的，除了是書裡面想要記住的內容，更多時候，記下了讀書時的心情起伏和時代背景，變成一種另類的日記。回看這些書稿，彷彿就是重讀那兩三年的日記，這些文字正正記錄了變化的前後，捕捉著城市隕落的一刻。正因如此，將這些文字編整、重寫和出版，比以往那些談笑用兵、風花雪月的文字，都肩起更大的意義和這意義所附帶的壓力，特別是當刻寫文章的時候，往往流露太多情緒，很多文章都重寫了。

愛爾蘭作家喬哀斯（James Joyce）寫下巨著《尤里西斯》，他說，即使將來都柏林（Dublin）在地球消滅、不復存在，後人都可依《尤里西斯》，將城市活靈活現地重構出來。世間再無喬哀斯，但憑藉不同人的努力，以各種各樣的角度，記下已經失去、消滅的昨日，這本書希望能在重構城市的大畫布上，添上幾筆。坂本龍一說「音樂使人自由」，文字也同樣使人自由，我寫的時候想要擴闊邊界，希望讓讀者讀的時候，可以看到更多。

書的第一部分「重回舊地」，主要記錄香港在過去幾年的變化。研究政治，一直深信制度是社會的根本，當制度不公平和不健全，安定就不會存在，而這幾年時間，香港的轉變，正是源於制度急劇轉變的結果。香港今天的局面，臺灣幾十年前就經歷過，戒嚴、禁聲、白色恐怖，所以此刻看著今天的臺灣，其實是很多香港人的一種信念和希望。書的第二部分「從香港，看臺灣」，我的研究興趣是臺灣政治研究，視覺從香港出發，或會看到一點不一樣。

第三部分是「失序的世界」，疫症至今仍在蔓延，俄烏戰爭震驚世界，在歷史進程中，天災人禍與繁榮安定都是一個循環，現在似乎步入亂世。最後一部分是「開門讀書」，在讀書的旅程，往往將大腦思考的門，一道一道地打開，作為世界上渺小的一個人，這是最好的方法面對世界。這本書，是我讀書旅程的一個總結，我想，我也盡了讀書人的責任。

是為序。

I

重回舊地

已非人間

二〇一九年，這個時候，在香港經歷著這場看起來、就像沒完沒了的抗爭運動。我想，在此刻的世界上，大概只有那些本來居住在亞馬遜雨林裡、大大小小的動物，會完全明白香港人的感受。雨林的大火，燒去大片的林木，就如同運動的烽火，燒遍城市的每個角落。

說實話，誰想像過一個家園、一個城市，會如此瞬間土崩瓦解？制度和社會之間的一切信任和關係，秒速蕩然無存，就像那場大火將亞馬遜雨林裡的大樹林蔭，頃刻化為灰燼一樣。事情的失控，意味著我們對未來盡是不可知和不可想像，只知從此以後，失去的大概永遠不會回來，未來不再一樣。這一次，將會永遠的寫進歷史，我們給歷史選中，不論我們是否願意成為這歷史的一部分，這已成事實。

運動期間，我遊走德國和香港，碰到外國朋友，坐下來第一時間談起的就是香港。與其說是朋友們問起香港的情況，不如說是我去問很多心裡面的疑惑。有些同學來自的地方，日常就是戰亂或暴政，我想知道這些同學是如何自處、如何面對、如何自己？但我始終得不到答案，因為每個朋友聽完之後，都立即就跟我說：「不是的，都不一樣的，香港不應該如此，如果我是香港人也一定嚴重抑鬱。」當然，沒有一個地方應該如此，但香港變成這樣，還是全世界人都驚訝而不懂反應。

這時候，其實最困難的地方，是一切由荒謬引發的憤怒和絕望，使我們失去反應的能力。悲憤不能夠好好表達，痛苦也是無以名狀，更不必說如何尋找、如何相信，那隧道盡頭真的會有光明。這幾個月以來，腦裡不斷想起的都是魯迅所寫的〈記念劉和珍君〉這文章（註：《魯迅全集》第三卷；劉和珍是當時國立北京女子師範大學的學生，一九二六年對抗段祺瑞政府時給軍隊槍殺身亡）。

二〇一四年暑假、雨傘運動還未開始，還在讀本科的時候，一班中文大學學生在夜裡上課，老師是周保松先生。那一個晚上，周先生跟我們一起完整讀完這篇文章，那時是我第一次讀到〈記念劉和珍君〉，也是我三年大學本科之中，其中一個最深刻的夜晚，因為那時候覺得香港已是山雨欲來，就像魯迅先生所說的「我只覺得所住的並非人間」。但經過這五年之後，很明顯，the worst is yet to come，原來「並非人間」也不能一概而論，地獄真的有分層分等。

〈記念劉和珍君〉的重要，是魯迅用文字記下一個很差、很不堪的時代，書寫出大部分人心中的鬱結，為人人心中所有，寫下每個筆下所無：「在這淡紅的血色和微漠的悲哀中，又給人暫得偷生，維持著這似人非人的世界。我不知道這樣的世界何時是一個盡頭！」「我已經說過：我向來是不憚以最壞的惡意來推測中國人的。但這回卻很有幾點出於我的意外。一是當局者竟會這樣地兇殘，一是流言家竟至如此之下劣，一是中國的女性臨難竟能如是之從容。」

§

提起魯迅，真的是壞時代裡最適合讀的作家。在不好的時代，壞人當道，不好的事情總是鋪天蓋地，每天都有，想避也避不過。忿怒、感傷，和除了忿怒、感傷之外不知道還能夠做什麼的無力，交替地成為了生活的日常，這種身處於政治轉型時期的人民心靈失落，似乎值得研究。

說到心靈失落，每個人面對壓力、迷失之際，總有一些拯救自己的方法，或大吃大喝，或做運動出一身汗。我的方法是很專注地讀一堆書。在這專注而同時漫無目的的讀書旅程之中，總會無意間找到一點同情、一點明白；或讀到以往的人，在更壞更可怕的時代裡，如何留著一口氣和一條命，這都是讀書避世的作用。除了飲水，除了坐直，還可以讀書。

最近就讀到錢理群先生的《魯迅作品細讀》（香港天地出版），十六篇文章，每篇都選了魯迅的作品分析細讀。寫過《拒絕遺忘》的錢理群，是魯迅和周作人的專家，錢說魯迅的文章，「要讀一輩子，常讀而常新的」。這種「常讀而常新」，一來固然是魯迅地位的體現，二來其實是「中國人」這麼多年始終如一，就如魯迅在〈紀念劉和珍君〉文章裡所寫：「我向來是不憚以最壞的惡意，來推測中國人的。」所以無論魯迅在小說裡、在散文中，所寫到的可悲和潦倒、壓迫和窘促，他筆下的一切人和事，都是常新、常鮮。

錢理群說，魯迅在一九一八年寫下《狂人日記》，但在《狂》寫成以前，足足有近十年的沉默，幾乎沒有寫過什麼。這沉默是源自於寂寞、孤獨和無力。魯迅這樣寫道：「這寂寞又一天一天的長大起來，如大毒蛇，纏住了我的靈魂了。」

面對這長達十年的孤寂，魯迅「用了種種的方法，來麻醉自己的靈魂，使我沉入於國民中，使我回到古代去」，這方法就是抄寫古書。錢理群解釋，魯迅抄寫的古書，都是魏晉時代的古書，因為魏晉時代也是一個要「避文禍」的時代。魯迅選擇避世時的十年，那是袁世凱稱帝的前後，魯迅那時候在北京教育部做官，在北京做官的人都受到如東廠一般的監視，所以為了安全，只能避世。

在這國這城裡，歷史都在重演。魯迅以抄寫魏晉時代古書以求安全，以麻醉受傷的靈魂。避世，為的就是麻醉。當時代很壞的時候，強者如魯迅，唯一能夠做的也是抄書避禍。現在我們讀書避世，是無可厚非，也是至關重要。

§

最後，寫到魯迅，也想談魯迅（周樹人）和他弟弟周作人的故事。兩兄弟同在日本留學，同為刊物《新青年》的重要人物，在中國牽起了「新文化運動」；兩人也在北大任教，周作人更擔任教授，創辦東方語言文學系，文壇地位本來都舉足輕重，但細心的你看到，沒錯，只是「本來」。

周作人在抗戰期間選擇留在北京，又加入了汪兆銘政權做官，自此一輩子成為「漢奸」，跌下神壇；相反，一九三六年就去世的魯迅，受到共產黨追捧，到今天習近平也依然稱讚他的「橫眉冷對千夫指，俯首甘為孺子牛」，是「對人民充滿了熱愛」。

談到周氏兄弟，自然要談二人的關係、二人的反目。本來同住北京八道灣11號四合院的周作人和魯迅，在一九二三年決裂了。當年七月十八日，周作人給魯迅寫信，如此寫道：「魯迅先生：我昨天才知道——但過去的事不必再說了……我以前的薔薇的夢原來都是虛幻的，現在所見的或者才是真的人生。我想訂正我的思想，重新入新的生活。以後請不要再到後邊院子裡來，沒有別的話。願你安心，自重。」

二人反目原因為何，是金錢還是女人，始終沒有定案，只知周作人的日籍妻子羽太信子是關鍵人物。其中一個說法，是因為魯迅調戲羽太信子；也有一說是羽太信子生活揮霍，魯迅看不過眼說了幾句，因而得罪了羽太信子，羽太信子就在兩兄弟中挑撥離間。孰真孰假，留待學者繼續考究。還有多一點補充資料，魯迅和周作人兩兄弟旅居日本的時候，曾經聯同另外三人，一起搬進夏目漱石的舊居。而就在這個時候，他們請了一個女子到家打理雜務，此人正是羽太信子。

無論如何，有關周氏兄弟，最重要的還是二人犀利的文章。之前談錢理群所寫的《魯迅作品細讀》，在書中有仔細分析魯迅有名的散文〈記念劉和珍君〉。在文章裡，錢理群將此文，跟周作人寫同一事件的〈關於三月十八日的死者〉，比較閱讀，欣賞、分析兩兄弟的文字。學生劉和珍、楊德群二人，同為北京女子師範大學學生，也是一九二六年「三．一八慘案」的主角，遊行抗議時給段祺瑞政府殺害。

當魯迅悲慟地寫劉、楊二人是「真的猛士，敢於直面慘淡的人生，敢於正視淋漓的鮮血」、「慘象，已使我目不忍視了；流言，尤使我耳不忍聞。我還有什麼話可說呢……沉默呵，沉默呵！不在沉默中爆發，就在沉默中滅亡」；周作人則努力維持冷靜，但掩不過悲傷，他寫：「我們對於死者的感想第一件自然是哀悼……我的哀感普通是從這三點出來，熟悉與否還在其外，即一是死者之慘苦與恐怖，二是未完成的生活之破壞，三是遺族之哀痛與損失。」

在女師大的追悼會上，周作人寫了輓聯：「死了倒也罷了，若不想到二位有老母倚閭，親朋盼信。活著又怎麼著，無非多經幾番的槍聲驚耳，彈雨淋頭。」兩篇文章並排閱讀，就會明白為什麼有人說：周作人的散文，其實比周樹人更要厲害。

最後的抗爭

在香港的社會運動發展，其中一個早期人物，是吳仲賢。讀者可能會問：誰是吳仲賢呢？在此，我推薦你看張婉婷導演、羅啟銳編劇的電影《玻璃之城》。在電影裡，就讀香港大學的黎明和舒淇，在維多利亞公園參與了一九七一年的「保釣運動」，黎明給拘捕，舒淇則逃脫。在戲裡面，舒淇當晚聽著電臺新聞，新聞報導這樣說：「拘捕了一共二十一名示威分子，他們分別是莫昭如、吳仲賢、龍景昌……」

吳仲賢是香港社會運動發展史中，很重要的人物，跟他有關的詞語包括：左翼、托派、革馬盟等。他早於一九六九年的「珠海事件」已經開始抗爭（當時他是珠海書院的學生），一九七一年在「保釣運動」中被捕，及後有份創辦雙周刊《70年代》，從事政治革命運動，一直活躍至一九八一年在內地被捕，其後獲釋回港，同時被指控出賣戰友而給「革馬盟」開除黨籍（革馬盟的全名是「革命馬克思主義者同盟」），離開了運動的前線。但此後，吳仲賢仍繼續書寫他的政治評論和理念，後來因為癌病在一九九四年逝世。

很多年前，逛旺角的序言書室，在香港政治的書架上、最高的一排，看到一本已經泛黃的書，書名是《大志未竟——吳仲賢文集》。那時我根本未知吳仲賢是何許人也，只是因為同樣他的名字（在粵語中，賢和然同音，我的全名是關仲然），而將書拿了下來，翻了幾頁，就知道要了解香港社會運動的歷史，不可能不認識吳仲賢。

文集是吳仲賢逝世之後才出版，書裡面的文章，主要寫在七八十年代，談的是香港的革命、工人的革命、中國的革命，還有反殖民主義、香港回歸、中國發展等。現在回看，我們都說那個時候是火紅年代，學生運動開始活躍，國粹派與社會派爭鬥的同時，還有主張革命的革馬盟。除了吳仲賢，革馬盟當年的成員還有「長毛」梁國雄、梁耀忠、施永青等。

在香港的七十年代，很多熱血青年都在書寫政治，而且是白紙黑字的書寫革命，談革命方向、檢討學生運動的發展。現在這個時刻，看吳仲賢寫下的這些抗爭革命的文字，有人說是歷史總在不斷重複，但認真細看，更像是歷史的延續。吳仲賢在一九七三年以筆名「毛蘭友」在〈學生運動與學生組織問題〉一文這樣寫：「在香港如何幹革命呢？對於革命的理解，一般人心目中都充滿流血、犧牲、武裝衝突、炸彈等等……但現階段也適宜用那些手段嗎？」「目前來說，廣大群眾仍保持著嚴重的落後性。在肯定這些落後性的當兒，也肯定了不能採取暴力的手段。」社會運動是否需要

「和理非」、是否做到「和理非」，無論是過去或現在，都是個困難的問題。

如果今天吳仲賢仍然在世，在他眼中，這個年代跟那時候的火紅年代，又有怎樣的分別？是更火紅失控吧？當日吳仲賢離去以後，紀念文集題為「大志未竟」，當年未竟，今天依然未竟。當然，從吳仲賢的年代一直到今天，經歷了很多，只是沒有迎來什麼好的、團圓的結局。

§

就像二〇一四年的雨傘運動，現在回看，已像很久的以前。當時八十一日的占領，跟二〇一九年、這場沒完沒了的運動，比起來根本就微不足道。儘管那時候沒有帶來什麼政治改變，但香港的雨傘運動、加上當年年初在臺灣發生的太陽花運動，至少在過去的一段時間，成為很多研究港臺政治、社會運動的人的研究題材。有人研究占領如何曠日持久，有人研究藝術如何介入政治，各自尋找社會運動過後所遺留下來的意義。

雨傘運動當然沒有為香港帶來普選，現在回想，或許真的只有在學術世界才感受到雨傘的影響，記錄了一場盛大運動的發生。幾本研究社會運動的權威專書，都以占領後的金鐘夏慤道作為封面，像學者 Donatella della Porta 所編的 *The Oxford Handbook of Social Movements*，或 Charles Tilly 和 Sidney Tarrow 新版本的 *Contentious Politics*。除此之外，其實就像陳冠中寫的小說名稱一樣：什麼都沒有發生。

直至二〇一九年六月，香港來了一個大轉向，而這城市的歷史、社會和政治發展，從此都不再一樣。因著從回歸之前到回歸之後、香港的一切從來都不由香港人參與和決定；幾十年來公民社會積壓下來的無力、從未間斷的失望；還有，那當權者與香港人在生活上、地位上，以至思想上都大得無以復加的鴻溝，構成了不安居、不樂業的民生。所有疊加起來，一發不可收拾。

這場運動，之所以像早前的亞馬遜大火，是因為燒光以後，將會面目全非，以往熟悉的都會消失，生活的日常都全部改寫。身邊很多朋友，幾乎從一開始就投入研究分析這場運動，其實都是困難到不得了的工作。因為研究今天的香港，就如點算在發生這場人禍之後，自己的家園是如何的所剩無幾，一份何其殘忍心痛的工作。

香港政府的張建宗說，市民不應糾纏他對「7・21」的言論[1]。或許這個政府，對於解決這場危機的方法，就只有要求香港人放下，放過所有手握權力而且濫用權力

1 最初，時任政務司司長的張建宗就著發生在元朗的「7.21」事件回應說：「如果為這件事件，我們的處理手法，剛才講到警方都指與市民有落差，我絕對願意就這個處理手法向市民道歉。」後來，此番言論惹來警隊不滿，因此他提出「不應再糾纏」的說法。

的當權者。但實際上，香港人確實早就放下、不再糾纏跟政府與虎謀皮。我們所放下的，是所有對政府、對制度、對以往我們以為是行之有效的一切香港價值的任何一絲希望。

在這不可挽回的局面，唯一可能解決的方法，就是從根本的制度進行改變，而這根本的制度改變，其實就只是一個卑微的要求：切實執行無論是「一張廢紙」的中英聯合聲明，抑或是以此「廢紙」為基礎撰寫而成的基本法，裡面所寫明的，以普選產生特首和立法會。

在新出版、以香港二〇一九年社會運動照片作為封面的牛津通識讀本《民主》裡，書的結尾，引了神學家 Reinhold Niebuhr 的一句話，清楚說明為何我們需要民主，而且更重要的是我們配得上有民主：「人的正義傾向使民主成為可能，人不公正行事的可能則使民主必不可少。」解決方法就在這裡，但我們知道，這是遙不可及。

§

這陣子寫的文章，都很沉重。但沒法子，在電視、在社交媒體，都只有社會運動的畫面，只有人民和政府的衝突。每天吸收這些資訊，換來了無數個夜不能眠的晚黑。這晚，沒法睡著，我再讀了村上春樹的短小說《睡》，那個關於女主角突然之間、沒有來由地失去了睡意的故事。我知道，這城市中，失眠的不只是我，而且都有幾乎共同的原因。香港人集體失眠。

近來很多學者做了不少研究，各種各樣的問卷調查：看看假新聞的影響、問問市民對政府的評分、催淚彈對日常健康的影響，還有香港人是否集體抑鬱，變成「疫症」。我想，這集體失眠就是抑鬱「疫症」的病徵了，還是集體失眠是吸了催淚煙後的side effect？我不知道。

其實已經疲倦，打了幾個呵欠，沒有悲傷的淚水充滿了眼。但思緒始終停不下來，就像在關了燈、漆黑的房間裡，放了一部怎樣也關不掉的電視機，不間斷的播放各種各樣的畫面，怎樣也關不了電源。

閉上眼就想起了下午坐的那一趟巴士（公車）。從銅鑼灣到深水埗。坐在上層。駛過早幾天才煙火四起的彌敦道。地上和馬路的周圍，噴寫了很多的字句，其實大部分的香港人，成長以來都沒有想過這個城市會變成這樣。

五年前，雨傘運動的時候，可以自由橫過彌敦道和夏慤道、來回方向的馬路we connected[2]，其實已經打破了我們對香港的想像。但現在，當巴士穿過十字路口，那

2 「We connected」，是香港前特首林鄭月娥在二〇一七年小圈子選舉中的競選口號。

個沒有交通燈號的十字路口，前後左右的汽車和行人，都在禮讓。就在那失靈的交通燈附近，噴上了一句「freedom is not free」的塗鴉。我們都想自由，我們都願意為自由付出，但實際要付出的、可以付出的，究竟是什麼？

合了眼，翻了左右，還是睡不了，終於離開了床。我從書架拿起了村上春樹的《睡》，其實我只是想看看，睡不著的時候可以怎樣。女主角一連十七天都沒有睡過，看了幾遍《安娜．卡列尼娜》，喝光了一瓶白蘭地，在小說裡違反了生理的常態。因為生活是像「鞋跟偏一邊磨損般，以某種傾向耗損。而為了調整與冷卻，每天都需要睡眠」。當睡不了的時候，我們會繼續耗損，一直磨損下去。但現實是，我們正是因為某種現實世界的耗損，才令我們睡不著，不是嗎？

我去到酒櫃前，想了很久，因為實在不想在凌晨四點多、喝充滿燒烤煙味的威士忌，最後倒了一點美國的波本。喝了一點酒之後，我沒有睡意之餘，忽然間，還感受到了書裡面、女主角在半夜的「突如其來的飢餓感」。想必也很正常？距離晚餐已很久了，那晚餐的能量供給是不足以應付本來應該睡著、但此刻卻清醒的時間吧。

我又想，在這個時分，還有誰像我一樣仍然醒著，卻不覺清醒？有人像我一樣想起陳同佳這殺人犯嗎？這個或許是香港有史以來，第一次有一個（頗新鮮地）犯了謀殺罪、卻可以如此直接面對公眾的人？他是政治籌碼，他是新聞人物，他有專車接送，他是有牧師專車接送的人，他其實是殺人犯。

世界太過荒謬，超出了一切機制的平衡。活在荒誕裡，我們身體也不期然地違反本來的生理機制。身體很累，心靈也很累。

突然又已一年

每年聖誕節的《經濟學人》（*The Economist*）都是加料的「雙周版本」，因為是一年裡面的最後一期，總是推出年末特刊，外國公司提早收爐，明年再見。如果一年只買一本雜誌，我推薦你買《經濟學人》的年末加料特刊。收到這一期的感覺好到不能形容，感覺到一種解脫，因為這年終於要完了吧，對嗎？

沒錯，二〇一九年終於要完了。不是有句話這樣說嗎？Anything that can go wrong will go wrong。大家要記住了，這叫「梅菲定律」（Murphy's Law），二〇一九這一年就是最新最貼切最容易讓大家明白的例子了，至少我是這樣認為。看看香港，你還找到更差的政府嗎？還有更差的政府決定嗎？二〇一九年還差到什麼地步？不談政治，看看足球吧，兵工廠在經過半個球季之後，排了在第十一位，一個球季換到第三位領隊執教，是四十多年來成績最差一年。

當然，今年的特別，在於我們所送別的不只是二〇一九這一年，而是過去的整個十年。今期《經濟學人》是二〇一〇年代（the 2010s）的最後一期，主題文章談的是此刻瀰漫著整個世界的悲觀主義，但不是政治上帶來的悲觀（說得夠多了），而是科技發展為世界所帶來的悲觀。曾經，我們都相信科技可以改善生活，將效率速度提升之餘也可以減少人為錯誤。但經過近十年來，人類逐漸與智能電話融為一體，社交媒體成為了我們的唯一社交生活；宏觀一點，大數據的運用和監控都為我們帶來威脅，科技發展在改善生活的同時也危害生活。這是否意味在下個十年，我們要變成抵抗科技的發展？

科技本來就是工具，既沒意志、也沒取向，關鍵是如何運用。所以《經濟學人》的文章說，有悲觀感覺至少證明我們有危機意識，總比沒有反抗好。文章裡面，引了一段說話：「科技發展所帶來的悲觀感，早已掩蓋了科技所帶來的進步和美好」，而這句說話是一九七九年刊登在《紐約時報》之上。科技帶來危機，不是新鮮事，幸運的是我們回看歷史，人類總是能夠克服過來，希望在明天。

雜誌另外一篇文章，談活字印刷技術的保育，其實也在呼應主題文章，作為一種應對科技發展的方式。即使數碼打印早就取代了活字印刷，但仍然有人努力保留刻印技術，為什麼要對抗潮流？一位從事刻印的日本人說：「但凡不方便的東西，都總是特別的。」聽起來不太理性，但生活日常裡面的溫度和態度，從來都超越理性。

看完文章之後再揭幾頁，看到香港政府在《經濟學人》所買下的跨頁廣告，大大隻字寫著「Hong Kong ON」，據說政府落重金在世界不同媒體都有賣這廣告，像《華爾街日報》、《金融時報》等等，希望全世界都知道「香港ON」。但香港究竟On什麼呢？On跟粵語的「戇」同音，而在「戇」字之後，多配上「鳩」字（或發音相近的數目字「9」），是為粵語常用粗口，意指智商欠奉。為香港設計這廣告的公關公司，你們真鬼馬！

§

讀年末出版的《經濟學人》，覺得是送舊迎新、有新的開始。但冷靜過後，除了年號變了，其實並無意義。所謂新的年份、新的年代、新的一頁，一切都只是形式上的改變，日子還是如舊的壞。所以在很壞的新一年、讀的第一本書，我拿起了書架上一直都放在當眼處的《守望香港》（牛津大學出版社出版），是也斯先生和日本作家四方田犬彥的書信集。

這是多麼溫暖的一本書，在書出版的時候，也斯先生剛離世不久，同時我剛進到出版社當暑期工，老總編輯就把這書和那時候一起出版、也斯先生的遺著《浮世巴哈》，都交給我，囑我從頭把書稿細讀一次，學習校對。我到現在仍然覺得，可以看最新出版的書之餘，還有人工可領，這是世上最好的工作。

書裡面的書信往來，很多內容都是也斯和四方田先生，各自追憶著他們以往所熟悉的香港，像朗豪坊落成以前的旺角、像尖沙嘴梳士巴利道上消失了的斑馬線，都不一樣了。書信在二〇〇〇年左右開始書寫往復，直至二〇〇七年為止，一共十二封，當中記錄了一些只是十年前在香港發生的片段，像世貿會議的韓農示威、中環天星碼頭的拆卸，還有回歸十周年時《清明上河圖》的展出。十年時間，已如隔世。

主理臉書上「港式優雅」專頁的馮景行先生（這個專頁，記錄了很多香港往昔的美好，大力推薦），曾在中環都爹利街所辦的一場小小活動，談香港的「優雅」。他放映了很多照片，很多都是日常生活中微小的事物，平時一點也不起眼，但把這些事物當成主角看待，認真地去看這些不起眼或習以為常的事物，就有種說不出的感覺，也就是馮所形容的優雅了。無論是茶餐廳的「卡位」，抑或是鬧市中的一道白牆，關鍵不在於將畫面如何「拉闊」放大縮小，而是面對不同事物都不看輕，慢慢會發現原來香港都有很多美好。

不過在那場活動裡，很多的「優雅」事物，現下都早已失去、不復存在。像昔日「大會堂」音樂廳裡的幾個包廂，包廂的背面、本來是面向維港的陽臺，從老照片中也可以看到大會堂外牆上五個外凸出來的「窗口」。想像以前在音樂會半場的時候，可以從包廂的後面直接望向維港，這樣音樂廳的設計在世界上也未曾見過。只是大會堂對開，早已填了很多的海，大會堂距離維港也愈來愈遠，而大會堂的外牆也早已把這五個包廂覆蓋著，看不到了。

優雅的消逝，也不只是事和物，很多人和人的價值都同樣失去了，我們曾經以為一些價值是牢不可破，但原來脆弱得可怕。什麼專業、什麼訓練，就算用上了幾十年時間積累下來，幾個月就完全化為泡影，「渣都冇剩」。

當一個城市，我們所珍重的事、人、物都慢慢失去的時候，我們仍然能夠守望的、留住的，大概就只剩下自己。很不容易，但都要加油。

§

好像送別了二〇一九才沒多久，怎麼轉眼又收到厚厚的《經濟學人》，竟然就是二〇二〇年的最後一期？打開雜誌，看今年這個世界發生了什麼，雜誌編輯說：今年是天災的一年（The Plague Year）。**Oh Wait!** 明明二〇一九已經糟透，為何二〇二〇會更可怕？壞的事情，仍然繼續，而且更有恃無恐，像瘟疫、像獨裁者，互相加疊，世界愈來愈糟糕。所以二〇二〇不只是天災的一年，更是人禍的一年。

雜誌其中一頁的右邊小小一角，寫到香港，說香港立了「德拉古式」的國安法，draconian，德拉古（Draco）是古希臘的政治人物，寫了一部完整但殘酷非常的雅典法律，犯下小罪也要處死，也就是殺無赦的意思了；在德拉古的法典，「訓斥」從來不是一個選項（但訓斥是香港警察處理對警察投訴的一種做法）。

在《經濟學人》看到香港，老實說，多半不是好事。外國勢力，總是報憂不報喜，按中國外交部的說法：是在錯誤的路上愈走愈遠；但同一時候，當世界都因為疫症焦頭爛額的時候，還在這些關心世界的雜誌裡，看到半點香港的身影，證明還是有人關注有人關心，其實也是有一陣暖。現在不能說香港是世界的，不知道如果說香港是國際的，又可不可以，政府以前也常常都說香港是國際大都會。

再翻幾頁，有一篇小文章，由編輯挑選年度國家（Country of the year），看到臺灣名列其中，再借中國外交部的說法：《經濟學人》又一次搬起石頭砸自己的腳，竟然將臺灣列為候選人之一。文章說，不管臺灣是否國家也好還是自治政體，總之在今年抗疫的表現，世界有目共睹。

臺灣後來雖有本地感染個案，但正如再鋒利的刀都有生鏽的一日，再堅固的城牆也會有點甩油脫漆，臺灣抗疫成績始終厲害。既然都說臺灣作為中國一部分，外交部除了每天強調不可分裂之外，我有時候想：為何不對外宣傳一下臺灣政府抗疫成效卓著？就像之前華為的總裁任正非，不是說中國的晶片製造是世界第一嗎？那些世界第一的晶片都在臺灣生產。反正是中國一部分，不用分得那麼細。

老實說，抗疫接近一年，看到臺灣人生活繼續大致如常，政治人物繼續可以為了雞毛蒜皮、豬鴨牛羊的事吵吵鬧鬧，把道具豬隻抬來抬去（最近國民黨立委把一隻一比一大小的豬隻模型抬到臺北車站，好像還會搭捷運高鐵，巡迴全臺灣）、抗議美國「萊豬」進臺，其實真的令人羨慕。

反對的自由、不喜歡的自由、免於恐懼的自由，只有這些才是人民的理所當然。當然，看到臺灣的政治輕鬆如此，只糾結於豬牛，又會暗暗為其擔心是否忘了生於憂患……再看世界的其他大事，今年也是阿拉伯之春的十周年。可惜的是，這個春天來得很短暫，民主自由那年在中東開花，但僅是曇花一現，很快又回復獨裁。

§

新一年來到，很多人都在談New Year Resolution。總覺得resolution這個字，翻譯不容易，因為要說的不是清晰的目標，而是趁著新一年的來臨，下定決心。至少，要踏出好的第一步，那才是最重要。目標最後能否達成、又或者是否真的有一個可以達到的目標，則是另一件事了。

在新一年要下的決心，就是很簡單也很困難地，做個更好的人。在壞的時代做個好的人，其實已經是在對抗世界。做好的人，聽起來空泛，但實際上也有很多種方法踏出第一步，作為讀書人，其實讀更多的書、更認真地思考，那已經是很好的第一步了。

幾年前、大學畢業之後（真的沒有很久），碰巧在香港搬家，又因為到外地留學，很多在本科時候買的、讀的書，都裝箱放入倉裡一直存放。然後幾年時間，遊走過不同地方，輾轉才總算回到香港定居下來。直到早前換了工作，終於稍稍安頓，記起這些在倉裡面的幾箱書，趁過年以前收拾一下。

打開了箱，百幾二百本書，占了大半都是香港政治，數不盡的論文集、政治人物訪問、近代的香港歷史，談房屋土地問題的、貧窮問題的，還有歷年來的選舉資料匯整和分析。在書堆裡，還有幾本《香港╳╳論》，今天已成禁書，公共圖書館也要下架。感慨之餘，記得之前看過有人將這些「禁書」炒賣。看一下網上平臺，查查這些禁書的售價，原來真的翻了幾翻，真是變態的城市。

看到這些研究香港的書籍，想起那時候在大學裡學習政治，明白制度如何影響由個人所組成的社會。只有制度不好，社會才會變壞變質；如果制度有錯，錯的也只是設計制度、執行制度的那些當權者們，而永遠不是服膺於制度之下的普羅大眾。

這個城市經歷著一代又一代的轉變，有些是好的，有些是不好的。來到今天這個時間點，很明顯是香港的一個重大轉折，無論是多好或多壞，都會寫在記錄真實歷史的書冊上。現在我們身在其中，一呼一吸都在感受，一筆一劃都在記錄。

讀研究院之後，研究的興趣慢慢轉到臺灣，書架上也慢慢放滿了臺灣研究的書籍。書架上的轉變，代表著自己的轉變。寫了幾年的臺灣政治，終於來到論文的尾聲；認識了隔岸臺灣的歷史和政治，無意中讓我們找到一點點的希望。因為再恐怖的獨裁和專制，終會完結、迎來自由。當年一股腦兒投入到臺灣的研究，其實沒有想過要達到什麼、讀到什麼，甚至曾經懷疑自己是不是在研究無人有興趣的東西，是否無用、是否不合時宜。孰不知轉過頭來，兩個地方的關係，竟然拉近。

§

曾經擔心選擇研究臺灣是不合時宜，孰不知還有更不合時宜的事。我說的是香港的選舉制度。

在政黨、選舉政治的研究裡，選舉制度是一個重要的課題，因為每個制度的設計都有獨特的影響和效果，影響到在民主政治中，政黨的發展和生存空間。像有名的杜瓦傑定律（Duverger's Law），就是指出單議席單票制選舉，更傾向產生兩黨制，比例代表制則傾向產生多黨制度。

而有關選舉制度的改革，則是另一個重要研究題目，因為在民主政體裡面，選舉制度改革往往極少發生。選舉制度鮮有改革，並非因為所有人都對現行的選舉制度滿意，相反，每個社會、每個地方都有不少人對選舉制度不滿，例如在選舉中落敗的人，不少都會歸咎於制度不夠公平，而不是自己不夠受歡迎。

但要在民主政體中，進行選舉改革，往往需要由政府牽頭、並得到議會通過。這意味著，只有選舉獲勝的人操控著選舉制度改革的鑰匙。對於能夠在選舉制度中獲勝的人來說，這些政黨／當選人就是現行制度的既得利益者，沒有改革誘因之餘，更會擁護現行的選舉制度。如果貿貿然通過改革，然後一不小心令到自己在新的制度中落敗，就真的是搬起石頭砸自己的腳……

專門研究香港政黨和選舉的政治學者馬嶽最近接受訪問，他說：「我的（研究）範疇被DQ了……這個年頭叫人讀政治，我也真的說不出口。」這個年頭，在香港研究選舉制度是聽起來何等的不合時宜，但在這樣的氣氛環境之下，如果要能站得直、像個人，還有什麼是恰當、適時、所謂decent？

我不合時宜地從書架上，把馬嶽和蔡子強在二〇〇三年合著的《選舉制度的政治效果》（香港城市大學出版社）拿出來再讀，裡面這樣寫著：「香港可能是世界上選舉制度變化最頻繁的地方。法國在一個世紀內轉變了三次選舉制度，但香港卻只需八年（一九九一—一九九八）便用了三個不同制度。一個主要的原因，相信是香港採用什麼選舉制度，很大程度上並非由香港人民或政團所決定。」

現在回看，原來，當年民怨沸騰的二〇〇三年，其實是不錯的一年：瘟疫來了又去；沒有民意授權的立法（二十三條）臨門脫腳；而在一年之後不得民心的政治領袖也腳痛下臺。在二〇〇三年的時候，馬蔡兩人這樣寫：「選舉制度轉變頻繁的原因之一，固然是香港正處於民主化過程之中，各方的政治力量在互相拉扯以影響選舉制度，選舉制度變成是民主化過程中商討的協約的一部分。」

實際上，香港的選舉制度本來就不是為了產生民主政府而設，奇細的選區採用比例代表制，亦只有打擊大黨的作用，而沒有什麼代表性的比例可言。然而這個千奇百怪、限制政黨發展的制度，在現時的政治氣候裡也不再容得下。

差不多二十年時間過去，選舉制度又一次的改變，但這次跟「民主化的過程」再無關係，也談不上以往喜歡掛在嘴邊的「循序漸進」，現在都只是為了「填補缺陷、堵塞漏洞」。在塗鴉噴漆上蓋上一層更新的油漆就是填補缺陷，將原來開放的空間全面關閉就是堵塞漏洞，這就是現在的香港邏輯。如果一切我所相信的都不合時宜，但願我永遠都有不合時宜的勇氣。

§

二○二一年香港的選舉大日子，儘管這選舉不民主，但還是寫一下有關選舉的書。我本科時候的老師、香港中文大學政治與行政學系的馬嶽、蔡子強、陳雋文在立法會選舉前，非常「應節」又及時地出版《特區選舉：制度與投票行為》（城大出版）。講新書之前，要先將時間撥前一點。

二○○三年，馬嶽、蔡子強寫《選舉制度的政治效果》，仔細分析立法會選舉制度「被完善」前的港式比例代表制，對香港政治、特別是政黨發展及政黨制度帶來什麼影響。作者當年說，寫書的其中一個目的，是向讀者言簡意賅地介紹一般市民（以至是各黨派候選人）未必真正了解的選舉制度，這是學者的責任。

向讀者介紹選舉制度，背後原因，一方面希望讀者了解制度的運作，另一方面也要市民明白制度的優劣，從而產生爭取民主、完善制度的訴求和力量。過去香港民主化的過程雖然步伐緩慢，慢到幾乎原地踏步，但要量度的話，還是有所向前的移動。

在二〇二一年以前，過去幾次選舉制度改革，縱是小修小補，但「選舉制度變成是民主化過程中商討的協約的一部分」，每次政改都是過去建制派和民主派協商角力爭取回來的結果。可以對當年的結果不滿，但那是當時運作的邏輯。因此，當年作者寫書，是有一定期盼（prospective）的成分。

時間回到當下，當大家最近幾乎連發夢都聽到「完善選舉制度，落實愛國者治港」這句說話的時候，終於迎來投票大喜日子。大喜除了是因為香港有新一屆立法會之外，更重要是意味著未來一段時間，大家不用再受這句宣傳口號的轟炸。新的選舉制度，「完善」了（也就是整頓了、收緊了的代名詞），也實實在在地不再如往常一樣，有根本的轉變，而轉變的邏輯也不像過去，沒有走在「民主化過程中商討的協約的一部分」。過去的制度，為香港帶來「自由專制政體」;「完善」後的制度，其實就是不再開放的選舉。在這個轉變時刻，作者出版新書《特區選舉》。

無論是在最近的新書發布，抑或像新書裡的總結寫道，作者都說:「新的選舉制度會對香港未來的政治發展（包括政黨發展、行政立法關係和有效管治）帶來什麼影響，殊難逆料，但可以預計的是上述的選舉制度帶來的各種影響（也許除了功能組別的影響外）應該會告一段落，因而亦是適切的時間作一個總結。」作者出版新書，實際上是為過去的選舉制度作總結，字裡行間再無期盼，只有回望（retrospective）總結。過去種種政黨名單的分拆配票、選民的策略性投票，書裡都有仔細回顧。二〇〇三年的時候，作者分析這些投票行為是希望選民可以理解當中邏輯，今天再寫，只是紀念。

在新約《聖經》，有馬太福音、馬可福音，寫耶穌出生死去到復活；中大政政（政治與行政學系）也有一部「馬蔡」福音，分析香港回歸前後三十年的選舉制度，誕生轉變到「完善」。這卷《福音》，終於寫到盡頭。蔡子強說：一代人做一代事，他們那一代做完他們的事了。這一代的人呢？或許就是好好分析立法會投票日和免費搭公共交通之間的關係吧[3]。

3 香港政府在二〇二一年的立法會選舉投票當日，安排全港免費搭車，據說是為了鼓勵民眾投票、推高投票率。但選民投票的票站，理論上在居家附近，免費搭車與投票之間的關係，當中邏輯，難以理解。

國安法的前和後

這文章，寫在國安法立法的前夕。時任保安局局長李家超說，法在北京立了，即時就會在香港實行，看看月曆，這個星期日應該是香港最後一個沒有國安法的星期日。回看整個立法程序，大致如下：起初，香港空虛混沌淵面黑暗。中共說，要有國安法，就有了國安法；中共看國安法是好的，國安法就得到了像新華社所說的「主流民意最大共識」。Bravo。

無論中央政府抑或特區政府，一直都說國安法只針對「一小撮人」，一小撮即是多少？是像每次六合彩能夠中頭獎一樣的一小撮人？還是像香港七百萬人、對應全國十四億人，百分之零點五這個比例是「一小撮」的意思？

不要怕，總之沒犯法就沒什麼好怕，對吧？不過什麼是犯法呢？小孩子吃了有毒奶粉，父母出來討回公道，以往這樣的父母在香港的話，不是犯法；高喊平反六四，以往如此高喊的人，在香港不是犯法；書店賣《中共謊言錄》，以往這些書店在香港不是犯法。那以後呢？

現在我們問「一國兩制還剩下什麼」這個問題，其實建基於一國兩制本來有什麼（或我們想像一國兩制有什麼）的假設之上，到了今天即將進入香港新時代之際，也是檢視當初一九八〇年代不同學者對一國兩制所想像的時候了。

一九九八年，香港中文大學中國文化研究所編了一本論文集，名為《轉化中的香港：身分與秩序的再尋求》，是將學術期刊《二十一世紀》裡面一些談及一國兩制的文章結集出版，文章大部分都刊在回歸之前，不同大學者書寫回歸前夕對一國兩制的想像和觀察，包括關信基、余英時、陳方正、王賡武等等，我報紙專欄的老鄰居馬傑偉教授也是其中之一。

結集打頭陣的第一篇文，寫「香港人」和「中國人」的身分認同問題，利用問卷調查，研究居住香港的華人、認同自己是「香港人」或「中國人」，對國家認同、中國、香港以及政制發展等不同範疇的看法。

有趣的地方，見於文章的結論部分。結論最後如此寫道：「『香港人』的身分認同，並不衍生分離主義。事實上，對香港的認同及對中國的認同，代表著雙重及互相配合的身分認同。香港華人從來沒有提出政治獨立的要求。此外，即使香港華人對香港回歸中國心存憂慮，但他們卻從來不質疑中國對香港的主權。」「一九九七年之後，有數項因素可能會強化香港華人對中國甚至對中國政府的認同「……」包括：香港在政治上是中國一部分的事實、中國的現代化……。」

如此結論，現在回看是恍如隔世，香港和香港人的身分認同，早已不再一樣。分離主義、政治獨立的要求，今天都已經出現。為何出現、如何出現，是問題關鍵。是懶惰地歸究於純粹的外國勢力？抑或是低估了「香港人」身分認同對「高度自治」的要求？濫用了「香港人」的耐性？無論是特區政府抑或北京，現在都說香港過去出現重大問題，如果真的是出現了如此重大問題和缺口，那麼回歸以來的當權者又是否不力？需不需要問責？

§

上面所引的文章，作者是劉兆佳。劉兆佳長年為中央出謀獻策，又會為北京政府的對港政策做剖釋解說，是北京和香港的重要橋梁。在政治學理論裡，有所謂「中央地方關係」（central-local relations），解釋中央與地方政府之間的複雜關係。香港回歸之後，中央政府與特區政府隔了幾重機關，像中聯辦、港澳辦等等，不同機關用不同方法，採集民情，然後選擇合適政策以作管治。其中的方法之一，是找研究社會政治的學者提供意見。社科書生學者，近乎百無一用，唯一懂的、研究的，就是解釋社會動向，預先找出社會問題癥結，這是一流學者之責。如果學者反映的民情有所不準確，導致國家政府、特區政府未能作出合適對策，就是九流學者陷政府於不義，必須興師問罪。

香港回歸二十多年，一直為中央政府及特區政府擔當如此重任的學者，劉兆佳必定榜上有名。這麼多年，劉兆佳在過去的中央政策組以至全國港澳研究會等，姿態猶如「國師」。但問題來了，像我提及、在一九九八年出版的《轉化中的香港：身分與秩序的再尋求》，書中的第一篇文章，劉兆佳如此寫道：「『香港人』的身分認同，並不衍生分離主義。事實上，對香港的認同及對中國的認同，代表著雙重及互相配合的身分認同。香港華人從來沒有提出政治獨立的要求。」這樣的政治判斷，明顯是嚴重誤判，缺乏遠見和前瞻性。正正是如此大安旨意的判斷，才會在回歸這麼多年都一直忽略「國家安全」的漏洞。

如果劉兆佳要為自己辯護，肯定會將責任推在外國勢力之上。不過這只是混淆視聽，即使外國勢力是罪魁禍首，外國勢力是妖是魔也不是一時三刻，歸根究柢也是劉兆佳之流的過失，沒有做到一流學者的作用、及早覺察外國勢力的問題。而當我們繼續翻《轉化中的香港》這本文集的時候，很容易就會找到一流學者與九流學者的分別。一流學者的文章，不像九流學者的文章，會過氣過時、淪為笑話。用中央修辭方法：一流學者研究的，是社會和政治的深層次問題。

書裡面的作者，除劉兆佳外，大部分都是一流學者。隨手舉其中一篇為例，是陳方正教授寫「一國兩制」與國家的「改革開放」。陳方正說：「改革開放與一國兩制都是務實思想的產物，它們代表避開理論爭執而直接追求實際成績的傾向。然而中國推行這個新路向所倚賴的，卻是舊有的，與它不相匹配的政治體制和思想基礎……改革開放根本就已經意味著對一種普世性（universal）行為標準與體制的接受，所以中國以拒絕外國干涉內政或者情況特殊等藉口來抵擋這些攻擊，往往不免顯得十分牽強和蒼白無力」。

因為思想與體制的不匹配，導致了牽強和蒼白，到現在仍然瀰漫中國政治之中，就像外交部發言人趙立堅所說「中國不是嚇大的」一樣，那究竟他想說中國怕嚇，還是不怕嚇？不如請劉兆佳為我們解讀一下。

§

陳方正教授刊在一九九七年《二十一世紀》六月號的文章，題為〈從「一國兩制」看二十一世紀〉。陳方正寫「一國兩制」、「改革開放」，與中國政治體制及思想基礎之不匹配、不相容，直接點出了the crux of the matter，即中國政治發展問題之癥結。不論一國兩制抑或改革開放，必然涉及民主自由等西方價值（或陳教授所說的普世性），如此一來，正正與具有中國特色的社會主義來了衝突。

如此問題，解決方法有二：要麼改變中國的政治體制和思想基礎，要麼改變「一國兩制」、「改革開放」等政策路向。在二者只能擇其一的情況下，二〇一八年三月的時候，厲害了的中華人民共和國、在英明的習近平主席領導之下，成功修憲，進行了一系列改革，芸芸改革之中，國家正、副主席任期予以廢除。這意味著，國家義無反顧地選擇了後者的解決方法（今天「一國兩制」的「完善」是另一證明），修正了政策的短板（中共語），而中國固有的政治體制和思想基礎，得以永遠保存。

在這個時候，時任清華大學、法學院的許章潤教授，在二〇一八年的七月，寫了篇震驚十三億「不是嚇大」的中國人的文章，題為〈我們當下的恐懼與期待〉。文章提出，中國在「改開」三十多年之下，或多或少做到長治久安，全賴四條底線，而四條底線之一，是有政治任期的規範，給予百姓「一定政治安全感」。

在〈我們當下〉一文之後，許繼續寫了不少文章，今年二月又寫〈憤怒的人民已不再恐懼〉一文，衝著今天中國和習近平而寫，隨之換來各種各樣我們（包括許章潤本人）都想得到的後果：首先，許教授去年給清華大學啟動調查程序、勒令停止教學；再過一陣子，許被指因為在四川「嫖娼」、在北京家中給警察帶走。

到現在，根據新聞消息，許教授是因為嫖娼被捕，跟國家安全無關，亦即跟許教授的文章無關。許章潤前年出版散文集《人間不是匪幫》，裡面有一篇題為〈「哪有先生不說話?!」〉的文章，解釋他寫文章時的心情。他如此寫道：「（寫〈我們當下〉一文）為當下計，作千歲憂。情非得已，情見乎辭，而終究彷彿情見勢屈……但身處中國大轉型異常政治時段、其之流傳於網路空間，觸犯專政禁忌與極權鱗甲，以及莫名其妙、土得掉渣的個人崇拜造神運動，勢不可免。」說這麼多，就四隻字：忠言逆耳。

那為何還是要寫？明知會招來「嫖娼」之禍？許章潤在文章這樣寫：「如八十多年前適之先生所言：『哪有先生不說話?!』而說話就得讓人聽見，才能構成對話與交談，讓我們擺脫孤立的私性狀態，獲得公共存在，保持人性。」人間不應是匪幫，人間本來就讓我們不斷說話和交談，所以許章潤教授才大膽寫文章，為是做一個先生而已，只可惜在匪幫裡，早已失去做先生的空間了。

§

呂大樂教授是研究香港的代表人物之一，他有一本新書，名為《尷尬》（牛津大學出版社；書的封面就寫上這兩隻大字，看到也覺尷尬），書所講的，是「一國兩制」這概念如何誕生、落實和運行，而這每個步驟的過程，只要細看，都可發現是充滿尷尬。

所謂一國兩制的尷尬，其實又只是呂大樂客氣，用「尷尬」來形容，而沒有全盤否定。一國兩制，是中港關係的框架，作為一種制度、一個框架，難言尷尬不尷尬，只有完備不完備、健全不健全。當呂大樂寫一國兩制裡面的尷尬，其實就是寫一國兩制作為規範中國和香港關係的一個框架，如何不完備和不健全，以致今天千瘡百孔。

小書加上導言和結語總共十章，每章提出一個尷尬。從「至今仍未搞清楚，究竟九七回歸是怎樣的一回事」，到「應該站在什麼位置，談一國兩制及一國兩制的未來」，其實就是對這個框架提出質疑。簡單來說，一國兩制的最初設計，就是為了保持「現狀」，因為只要維持不變就是對中國、對香港好，香港可以繼續發揮所長，也可以讓中國繼續充分利用。

先不說這個「維持現狀」的觀點，是否無堅不摧、又是否真的可以行穩致遠。這個「現狀」，所說的是上世紀八、九十年代的香港和中國，以及當時的國際政治環境。但現實是我們都會每天撕下日曆，日子會過，轉眼已是二十一世紀的二十年代，不論香港、中國，以至國際環境都早已轉變。就在這一切都已徹底轉變的時候，一國兩制仍然想盡辦法，以不變應萬變的思維，最後自然換來「與時不並進」，令香港在各方面都落後周邊地方的結局。一直錯誤地停在上個世紀，變相回歸二十三年，仍然未有真正進入一國兩制的議題，沒有思考應該怎樣回歸轉變、做一個特別行政區（而不是一個省市）。

在國安法立法沒多久，呂大樂寫書檢視一國兩制、談一國兩制的未來，如作者在書裡開首「放在前面的後記」所寫：是政治不正確，甚至預測有書評會批評他「請你不要將你個人的尷尬，說成為香港的尷尬」。那麼為何仍然要寫？因為有這樣的必要、因為今天我們個人的喜惡，早已一點都不重要。

呂大樂在結語的一章「答案（恐怕）還是一國兩制」裡面寫：「國內的體制就是這個面貌，中、短期內不會出現重大轉變，那麼香港及香港人如何面對與自處？」格局是這樣，有人思考改變整個格局，也有人思考格局裡面各種各樣的可能，呂大樂顯然是後者，想要做個一國兩制修理員。

問題是，可以怎樣修理？這個問題的答案，是所有人都想得到，包括呂大樂自己。在書裡面，呂大樂引了鄧小平在一九八八年的一段講話：「對香港的政策，我們承諾了一九九七年以後五十年不變，這個承諾是鄭重的。為什麼說五十年不變？這是有根據的，不只是為了安定香港的人心，而是考慮到香港的繁榮和穩定同中國的發展戰略有著密切的關聯。」所以鄧小平說，中國還要造多幾個「香港」出來。

不過，當下最大的問題、最大的疑問是：為什麼還要引鄧小平？正如很多不再信任一國兩制的香港人一樣，會問：「為什麼仍然要講一國兩制？」我們都知道，今天北京姓習而不姓鄧，氣候也早已不一樣了。但即便如此，在這爛局之中，我們僅餘剩下的、或無效無用的幾張牌，就只有這些，死去的鄧小平是只中之一。打得一張得一張，雙手合十，求求小平同志顯靈，保祐香港。我城未來，原來只剩下求神拜佛，而這正是香港的「尷尬」了。

§

二〇二二年，香港回歸二十五年，習主席搭高鐵來港，車未停定就響遍「框演框演」，一眾「選中的人」在場揮動鮮花國旗，畫面震撼得來又新鮮，但肯定很快適應而見怪不怪。就好像紀律部隊近年陸續轉用中式步操中式口令中式敬語，開頭或會不慣，但聽多兩次、叫多兩次「是的長官」，就沒問題了。

在「五十年不變」走過一半之後，兩種關於「五十年不變」的解讀方法，開始成形和互補起來，為一國兩制作全面的詮釋，以後再無疑問。第一種解讀，是關於「五十年不變」中「五十年」的意思。自鄧小平說出「五十年不變」之後，總有人擔心一國兩制走過五十年後，會不會「走樣」甚至突然結束，對此官方早有說法，代表中共的夏寶龍或沈春耀都說過：香港回歸後五十年不變，更重要的是「五十年後亦不需要變」。所以「五十年不變」的第一個解讀是：「五十年不變」並不是真的「五十年」不變。

第二個解讀，則處理「五十年不變」中「不變」的部分。很多人對中央沒信心，有人擔心五十年後的光景，也有人擔心「不變」是否真的不變，特別是言論自由新聞自由，好像有點改變。於此，官方也有說法，沈春耀說所謂「不變」不可能是「一成不變」，需要與時並進、不斷完善。所以簡單說，「五十年不變」中的「不變」，並非真的「不變」。所以，像「龍虎鳳是蛇貓雞」一樣，五十年不是真的五十年，不變也不是真的不變。

可能有人到頭來還是會問，那什麼是「五十年不變」的一國兩制？經過二十五年，當初又有誰一早看穿未來？資深出版人顏擇雅早前編《余英時談政治現實》（印刻出版），其中收了好幾篇文章談香港，這本書，跟香港很有關係。除了不少文章寫到對香港的分析，顏擇雅還說：「余英時在書中的訪談與文章，首發地點最多就是香港，占了九篇。臺灣首發的，含這篇遺作，也才七篇而已。」

余英時對香港念茲在茲，一方面當然跟他曾經在香港讀書、教書有關；另一方面，香港回歸這件事，余英時深明這其實是「大資本家」遇上「無產階級專政」的局面，是「極人世之奇詭的變局，古今中外，未見其例」。

對於香港回歸的想像，余英時早在一九九七年六月就寫道：「『五十年不變』之說，雖出自鄧小平之口，並已載入香港《基本法》，其實是沒有人會認真相信的。任何社會都在變動，而且天天在變，問題僅在於朝什麼方向變？……就眼前可見的跡象而言，有兩個主要趨向：第一、經濟上仍然依循著資本主義的方向，但將變得更為極端，即以大資本家為市場的主宰。第二、在政治上，香港不但將逐漸喪失在殖民地時期所一直擁有的自由，而且近幾年才興起的民主要求也將面臨被扼殺的命運。」

喪失、扼殺，太過負面，倒不如借前立法會主席范徐麗泰所說，香港人「不要再講很多民主，重視人權的東西」。而這正是二十五年後，我們所經驗的一國兩制，也是「五十年不變」的意義。

六四和香港

在二〇一九年的時候，六四集會之後，我在專欄裡寫了一篇題為〈香港之所以是香港〉的文章[4]，寫那時香港至少還容許六四集會。在歷史漸行漸遠的時候，香港人仍然願意、而且可以公開悼念，能夠公開悼念「六四」，體現著香港的獨特性。但短短一年之後，政府以抗疫為由，反對六四集會。雖然如此，還是有很多人自發在不同地方，舉起燭光悼念，只是到了最後，警察檢控了李卓人等人，罪名是「煽惑未經批准集會」。

的確，檢視一國兩制的運行，六四集會是重要的指標，基本上是「高度自治」清單上的第一項，當這項目不能再像以往一樣如常進行，香港就不是香港了。隨著國安法降臨，以後會變成怎樣，不想、也不敢想像。很多很多的審查，從制度、到個人自我的審查，國家安全為大，這些不可以說，那些最好不要提起。一年時間，香港就變成這個地步，以往我們以為已經很卑劣的人在政府當官，孰不知很多人比卑劣還要卑劣。

在如此時勢之下，不知道可以做什麼、思考還能做到什麼是我們痛苦的根源。我們寫東西的人，總是說至少、而且最重要是做好自己，但實際上如何做到，不容易之餘也像難以入手。其中可以做到的一件事，是拒絕遺忘。這是錢理群教授其中一本著作的名稱，書所寫的是拒絕遺忘的一九五七年的反右運動。

對於香港人來說，到了今天終於不能再公開悼念六四的這個關頭之上，我們剩下還能夠做到的，就是拒絕遺忘。拒絕遺忘可以是點起燭光，但更重要的是主動地回看這段歷史，主動地明白為什麼有悼念、不能遺忘之必要。前BBC記者林慕蓮，早前出版的《重返天安門》（八旗文化出版）是一本重要的書，今天「三中商書店[5]」當然不會找到買到，不知道什麼時候會完全絕跡香港，然後成為禁書。但當現在閱讀、擁有、書寫這本書，仍未正式算危害國家安全的時候，那就應該好好地讀完這書。

書出版只有一年，裡面還寫著已經不再正確的描述：「在中國的領土上，只有香港可以舉行公開紀念六四的活動。」作者訪問了當年參與運動的學生和軍人，也訪問了現在中國的學生，一場透徹地影響整個國家的運動，到現今一代的中國學生身上變

4 收錄在《醒來的世界》。

5 三聯、中華、商務書店。

成什麼都沒有發生。林慕蓮在後記裡這樣寫：「中國共產黨重寫了歷史，但它並沒有忘記自己在一九八九年的所作所為，也無意與之和平共處。這點從愈來愈多人因為紀念活動受到懲罰就可見一斑。」現在數以十億計的中國人都因為不知道或不敢說而對六四失憶了，下一個目標，就是讓香港人也對此失憶。

國家經濟發展做得很好、國家是最厲害的、沒有國家真的擁有言論自由、外國勢力張牙舞爪推翻中國、國家已經做得很好。這些論述，變得很常見，就像建制派的葉劉淑儀最近在一個訪問中說：偉大祖國對香港只有善意（Our motherland has nothing but good intentions for the people of Hong Kong）。像腳痛又有泌尿問題的前特首董建華說過：「香港好，中國好；中國好，香港好。」但不是的，現在香港不好，香港一點都不好，不要自欺欺人了好嗎？

§

天文臺預報：二〇二一年六月四日，周五，大致多雲，間中有驟雨及雷暴。

只是幾年前的事，有一些人批評，每年這一晚的燭光是「行禮如儀」沒有意義，是與己無關，所以無謂堅持。但事實並不如此，就算只是（但現實上並非如此）行禮如儀，一切都不是必然，這個城市的靈魂和精神，正是建基於這堅持和禮儀之上。

近年政府有句話很喜歡講，去年施政報告都有提到，就是「國家所需，香港所長」，這八隻字的出處是二〇一六年頒布的「十三五」規劃，自此之後就常常出於不同高官口中。我很好奇香港真正所「長」的究竟是什麼，是國際大都會？是國際金融中心？還是高等教育科研人才等等等等？

學校碩士班收生，不少大陸學生都會報名。面試的時候我總喜歡問這些學生，為什麼想要來香港讀書？然後聽到的答案，幾乎每個學生都一樣，陳腔濫調、沒半點新意：因為香港是國際城市，香港有多一點不同文化，香港更自由……每次聽到「自由」的時候，其實我真的很想問：you sure?

現在一大班愛國人士，每天寫文造勢製造輿論，配合政府宣傳機器，左一句進入國安法時代，右一句「愛國者治港」規範，四方八面的宣傳，上下左右來回轟炸，煩到令人心寒。同一時間，六四集會，已經第二年不能舉行了，政府說是為了防疫。而同樣是一國兩制的澳門，更加史無前例地定出某些六四相關的口號，屬於違法，是煽動顛覆政權及推翻憲制，澳門不以防疫為幌子，直接把六四集會禁掉。

香港所「長」，從我第一線的田野調查，內地學生將之理解為香港的自由。香港的自由，建於高度自治之上，也是因為這種自治，才需要一個國家但同時存在兩種制度，才需要發明偉大的一國兩制。當香港不再自由，其實一國兩制就不再存在，所以邏輯上，破壞香港的自由就等於是破壞一國兩制，不過在現實裡，早就不談邏輯、不講道理。

面對種種批評，政府的做法，就是出來「澄清」香港仍然自由。但自由不是口講的，而是存在於一呼一吸的空氣之中，失去了，就意味著不能免於恐懼。而悲慘的是香港的自由空氣，早已消失。我們可以做什麼、說什麼、寫什麼，都在恐懼之下，都在倒數之中。

對於當權者來說，或許都習慣將很多事情完全扭曲，久而久之失去了對現實的判斷。就像二〇一九年發生的反修例運動，過百萬人對政府的不滿，那些不是「黑暴」，更不是不愛國；就如希望香港落實民主普選，那不是外國勢力，而是《基本法》本來的承諾。

很多的現實，在扭曲之後，加以運用權力，就會發生根本的改變，而香港就已經如此改變了。不過，在很多香港人的家裡，在很多香港人的心裡，燭光仍然會亮起。而這燭光也會傳承下去，因為這燭光所代表的，是民主自由，是一國兩制，也是香港人的愛國表現。即使禁住了維園上的燭光，不代表燭光所紀念的亡魂沒有存在。這燭光，才是香港所長。

§

二〇二一年的六月四日雖過去了，始終是意難平。如果生活裡的世界如此給扭曲破壞，文字也應該竭力地將這扭曲和破壞都書寫下來。因為要存留下來、不能忘掉的，不只是被竄改以前的歷史，還有我們的人性。沒有人性的人，醜陋可惡。

這兩年的委屈，不是三兩句就可以寫得出來。張潔平（臺北飛地書店的老闆）說得好，今年我們給強壓之下的沉默是恥辱，不能行動也是恥辱。暴政下，我們可以做到的，只有是委曲求全的同時感受著這恥辱，和這恥辱所帶來的深深不忿。

當然我們還是要冷靜下來，因為歷史就快要給改寫，就如陳冠中小說《盛世》裡面的「二〇一三年」，整整一個月不見了，變成了什麼都沒有發生。所以我們要冷靜，我們委屈，但同時責任重大，不管我們今生今世為何要承擔這種責任，來生想做哪裡的人都只是來生的事。以往我城發揮特區作用，成為大國裡面僅有的地方，容許記住十四億人都不再、或不願、或不准記住的一九八九年六月四日。即使現在這個曾經特別的小區，不再特別，作為香港人，我們仍然要記住這一切。

最近，終於把訂了多時的臺灣作家七等生全集（全十三冊，印刻出版）搬回家另一邊。套書很美，書盒結實（不像幾年前同樣是印刻出版的木心作品集，書盒不夠堅固），每一冊封面都配上七等生的畫作。在艱難的時刻，讀設計得漂亮、文字寫得好的書，是一種安慰。開始讀了，以往沒怎麼讀七等生的文字，但這次讀著就感受到當中的力量。在第一冊《初見曙光》的後記〈情與思〉裡面，他談到文學的本質，但實際上，並不只是談文學，他如是寫道：

「這一切何由而來？讓我們冷靜地思考。我感覺我的心在瀝血，當我們遭受他們無情冷酷的踩踏之時，我深思著為何他們如此之不仁？我們不要再錯誤地成為歷史巨人的手腳和奴隸，把天賦於我們的生存權利視為這些巨人所施給的恩惠，他們做個拋擲的姿態，我們便像狗般擁擠在一起爭奪。現在我們的憂鬱和傷感，不外是感悟人類普遍獲得自由與獨立的艱難，因為那些歷史的巨人的幽魂在現今投胎給另外的一批人，世界在他們的統治下依然是飢餓、疾病、戰爭和無辜的死亡。」

「我們也要承認一件事實：個體是互相分離的，是寂寞而孤立的，但精神在天地間卻會適時地會合。個體是自由行動的人，我們無需虛假地做著互抱的親熱，當時刻到來的時候，我們遇見了，我們會察覺出我們是互愛的。」

因著無情冷酷而且猛烈的踩踏，心仍在瀝血的人，或會愈來愈少。儘管如此，我們還是會遇見彼此。這意味著，無論世界變得再不仁和不義，歷史發生了就不能重來，改寫了也不等於不曾存在，總會有人記住。我們會遇見彼此，我們都會記住。

無力，很可怕。公平公義，本應像大水江河一樣滾滾滔滔，但現實環境卻是乾涸枯竭，極盡欠缺。世界不應如此，所以我們忿怒；但力歇無聲、無能為力，只有看著珍視的一切，每天一點一點地失去。這是活在香港的悲劇。而同樣的悲劇，早在一九八九年的六月四日以後，也發生過。

§

厚厚的《自由不是免費的》（牛津大學出版社），書的副題為「新十日談」，因為整本書都是查建英和加藤嘉一、兩人在十天時間裡的對談筆錄。查建英和加藤嘉一都不是中國人，加藤是日本人，而查建英則在六四之後入籍美國，但兩人都很懂中國。六百多頁的對談，從社會議題談到政治制度，近乎無所不談，在第五日的對話，談到了六四。

查建英在八〇年代初到美國讀書，後來回中國為《紐約時報》工作，六四發生的時候剛好在北京。查建英說，為了參加遊行，六四發生前的幾個星期，她辭了工作參加遊行。一開始還士氣高昂、身上掛著「查建英」地實名遊行，到六月四日直面死亡、看到路上溢出腦漿的死人，她的生命從此不再一樣。巧合的是，查建英本來就打算在六月的時候回美國，因此早就買了機票，得以在六四發生之後回到美國，否則大概走不了。

然而，飛抵美國之後，空氣、語言都不一樣了，但不等於可以忘記長安街上焦糊味和槍炮聲，那聲音和氣味對查建英來說，大概一輩子也不能遺忘。她說：「我的腦子完全是亂的……我只能活在當下這一分鐘，因為滿腦子都是剛剛發生過的事情……我沒有想過以後要怎麼樣，除了以普通人身分參與之外，我也沒想過還要跟這場運動發生怎樣的關聯。我不像劉曉波，他當時正在哥大做訪問學者，提前回國參加學運。我從頭到尾都只是純粹個人的行為，我不想當革命者，不想參加什麼組織，更不想當領袖。」

「因此，當我面對那些為了改變這個國家、為了改變和我一樣痛恨的一切而付出了很大犧牲的朋友，我永遠有一種慚愧甚至罪惡的感覺。其實這些人，包括我哥哥，從來沒對我說過『你怎麼改國籍了』這樣的話……他自己選擇了政治反對派這條路，為此坐了九年牢，到現在還被時時監控……我看到那麼多人做出那麼大的犧牲……比如六四之後自己主動走進秦城監獄服刑的劉蘇里，比如後來的許志永、浦志強、郭玉閃，還有像南京的珍珠、廣州的隋牧青等。」到了今天，這份名單，名字又多了不少。

而讀到這裡，讀到了無力的可怕。健筆如查建英，後來寫了《中國波普》、《弄潮兒》、《八十年代訪談錄》等重要的書，在世界裡沒有停止書寫中國，照樣受著無力感的侵襲、覺得自己對不起受苦的人。平庸如我們一樣的大眾，更何以自處？

或許好好生活、將本分做盡，把自己和身邊的人都照顧得好，是唯一可以做到、而且需要做好的事，就如加藤嘉一在對談裡說：「不該放棄的是希望，不該忘記的是絕望。」然而對於困在愁城中的我們，或許感傷和悲痛的心情，至少證明著我們還是一個人。我們一同悲痛，這是作為這個地方的人的代價，而我們並不孤單。

舊香港、新香港

如果要數算香港究竟還剩低什麼的時候，一方面難免會為所失去的而感傷，畢竟逝去了的，怎樣看都不復回來。但另一方面在這個城市，還是有一些美好的人和事，讓我們看到這個城市僅存的一點美好。

在港島中上環的一帶，斜巷裡的小店，每次走過都覺得香港應該是這樣的。我是新界新市鎮人，從小到大都是大商場和連鎖店，頭二十年的成長其實錯過了很多。在半山上的太平山街，有家像天堂一樣的書店，去過的讀者都一定明白，未去過的也應該今天就去。書店名為見山，開門見山，開門讀書，不謀而合。在不好的時代中，那裡還有值得快樂的空間。這個時候，能夠好好生活已經很好，而找尋快樂是好好生活的重要條件。

幾星期前，多得書店老闆不嫌棄笨手笨腳，約定客串店長一天，興奮了好一陣子。喜歡讀書的人，心裡多少都有賣書的夢，坐在書店櫃臺後面，靜待著同樣愛書的人來訪，不一定需要開口，一個對望就知同路。孰不知在開店看鋪前一天，又見一群很差的人出現在傳媒機構踐踏新聞自由，影響心情，也像你和其他幾百萬人一樣，為這個城市而哀。當然我比很多人都幸運，在糟透的一天之後，可以賣書靜養。

坐在書店，早上都是安靜，多少擔心生意不好，我對身分角色從來都是百分百的投入，賣書就想書賣得好。但未有客人，還是把本來已經別致整齊的書店，再整理一下，把心思灌注到書店裡，我將丘世文的《在香港長大》和丘東明的《長洲生活記趣》放在一起。父親節在即，來店的讀者應該會明白的。

以前寫過一點關於丘世文的書，也跟近年將書再版的梁譽齡見過一面。梁兄的美藝畫報社，書都做得漂亮印得漂亮。而這個時候讀一點丘氏父子的書也最為合時，丘東明的《長洲生活記趣》寫的是戰前兒時在離島的生活；至於丘世文筆下的香港，即使遠去，但那時的香港正是我們念茲在茲的過去。

沒錯，狠心將城市摧毀的人不是我們，「我哋冇做錯到」。我們作為這個城市的人，守得多少得多少，守不住的，就把東西好好記住，可能的話就在將來把現在失去的還原過來；不可能還原的話，也把記住的東西書寫下來、留存著，將來總會有人讀到、感覺到，那都是重要的。有時候，暴政將很多事情都看得簡單，以為將異己禁絕就一勞永逸，為所欲為就以為真的天下太平，其實不是這樣的。政治，不會、也不應該是這樣的。

寫到這裡，有人把《陳健民獄中書簡》買走，當然收錢是我當刻最大責任，但我更想說：這個城市這個年頭，出版的獄中書簡大概會愈來愈多吧？那我們就繼續好好書寫、好好閱讀吧。不應該忘記的事情，我們總不會忘記。

§

讀歷史，總是將時代劃線分界，不同朝代，不同年號，就算是同一地方、同一些人，過了零時零分、新一天來到之後，就是兩個世界。如果你有玩過以前的經典電腦遊戲「世紀帝國」（Age of Empires），掌管一個國家、一個民族（遊戲裡說是一個文明），從一個時代進步到另一時代，從封建進入帝國，木屋變成磚頭，一切只在彈指之間，虛擬世界其實都很真實。

說這麼多新舊時代，因為總是覺得近來很多「舊香港」的思潮，瀰漫於空氣之中。或因為多人追悼緬懷，能量大了，所以感覺得到；又可能近來失去得多，變化得快，當大部分人都適應不來也不想適應的時候，把舊有而現在已失去的都整理好，也是僅餘可以做到的瑣事之一。近來香港有本新書，題為《香港舊百業風貌》，當然那種舊的程度，不是最近揮別不捨得的那種「新舊」，而是寫二戰前後舊時香港的那一代人。

書是中大新亞書院榮休教授蘇慶彬和妻子何淑珍合著，蘇教授二〇一六年去世，留下一些未發的書稿。書稿寫的是舊時香港各行各業的生態，同時，書也請了做專業插畫的女兒蘇美璐小姐，為書設計插圖。蘇美璐的畫，上網一查原來大有來頭，多年在外國畫繪本圖書畫到得獎無數，在著名的企鵝出版社網頁就可看到。現在一家三口完成這件美事，也正是這書的美好所在。

上個世紀三、四十年代的香港百業風貌，就是那時候千千萬萬勞苦生活的大眾面貌，聽起來相隔久遠，失去的比存留的多，但在書裡看到那些賣豆花賣栗子賣報紙的人，至今其實還可以找到一些。在書的開首，作者說裡面寫到的行業大多消失沒落，「縱使苟存，亦屬鳳毛麟角」；而寫這書的意義，在於回顧社會發展的同時，「見證百年歷史時代的起飛」。

如果將香港的歷史文化發展，轉換成圖表，從戰後一直到八、九十年代，都是一條急速爬升的軌跡。《香港舊百業風貌》裡的香港，在那個時間點上，正正是這個上升趨勢裡的起點。歷史不斷前進，但圖表裡的這個歷史文化發展軌跡，卻不一定永遠向上。來到這個時刻，是感受著爬升的熱血刺激，還是下滑的無助不安，坐困愁城，冷暖自知。

坐在書桌前，呆呆看著還未打開的手提電腦，看到機背上那顆咬了一口的蘋果，竟然又是一酸。無助無奈的事情，只會陸續襲來，但看到這麼多人蜂擁報紙攤檔買最後的《蘋果日報》，證明著這個城市裡的人，沒有無感沒有無望，不管時代是新是舊，都仍然存在、仍然撐著，其實這就足夠。我們能做到的其實不多，如寫文章，早從第二、三天就知道不可能改變什麼現實，但如果寫下去是一種堅持，我們就堅持下去。

§

在這幾年，有很多香港需要改革的說法，無論是特首的產生方式、司法制度、立法會區議會等等，彷彿一夜之間，這個小城是千瘡百孔、制度崩壞的人間地獄。有趣的是，現在開口提出改革的人，都是或曾經、或現在，位高權重的人物，如果香港真的如她／他們口中的問題城市，這些人物都應該首先收聲收手，繼而問責追究，不能放過。

香港的問題很多，但不是制度的問題，而是在過去這麼多年當權者的無能。香港問題之首：房屋問題，政府解決過什麼？世紀疫症在社區爆發，政府臉不紅、耳不赤地說：某些社區居住環境欠佳，就連基本衛生也出現問題，所以要強制檢疫。環境欠佳不是今天的事，政府這麼多年做過什麼？住屋不是地產，住屋是基本需要，說了這麼多年，又改善過什麼？國安法立法，不准百姓「煽惑鼓動仇恨」政府，但令人仇恨政府，從來都是無能無為的政府本身。

在這樣的城市生活，很難不覺得忿怒，不管你在什麼行業，都一樣不滿。由幾位建築師書寫城市和建築的書——《筆講建築》，在字裡行間，同樣可以感覺到建築師們的忿怒。在書裡面，介紹世界各地的特色建築，遠至歐美、伊朗、墨西哥，近至日本、臺灣、內地和香港，都有上榜的建築物。但無論作者們寫的是建築師 Frank Lloyd Wright 設計的美國馬林郡市政中心（Marin County Civic Center），抑或是 Bjarke Ingels Group 設計的丹麥住宅「8 House」，他們壓根兒關懷的其實還是香港。

作者這樣說：「古今中外，政府建築除了要具備實際功能外，往往也擔當了反映執政者理念、確立形象、文化推廣及展示未來規劃等重要角色。」「自香港反修例事件以來，巨型水馬及鋼板圍板一直伴隨著重要的建築，幾近成為立面不可分割的部分！如堡壘設防般的政府總部也彷彿成為原『門常開』概念的最大諷刺」。

在談丹麥的「8 House」如何著重社區鄰里關係時，很快又扯回香港：「香港的高層住宅建築，特別是早期的公共屋邨，例如蘇屋邨、華富邨和穗禾苑，私人屋苑如美孖新邨、太古城等，都是當年突破性的高密度住宅建築群……這種以創意求存的香港精神，應重現在我們的公共房屋設計中。」香港精神，陳冠中很多年前說是「金都」Can Do精神，這樣的精神現在又剩下多少？

在這書裡，能上榜的幾項香港建築，作者選的大部分都是舊建築（像上述的香港舊屋邨，例外的應該只有在摩星嶺二〇一八年落成的芝加哥大學香港分校），或許就如強調港式優雅的馮景行先生所說一樣，並不是刻意將香港的優雅和舊時候連上關係，只是真的沒法在新落成的香港中，找到優雅。

讀《筆講建築》看不同城市，你會發現建築原來可以如此多變、如此美好。然後，就會明白到：今天香港原來真的如那些政治人物所說一樣，需要大量的改革，刻不容緩，但改革的不是什麼司法制度和區議會功能，而是改革社區、住宅、圖書館，以至是墓地陵園和監獄的建築，關心一下人民的需要。

§

窄小的「西貢大街」有家小書店，門口隱蔽，不留神就會錯過。近年這些小書店在香港愈開愈多，是這個城市難得向前邁進的文明一步。英國生活雜誌*Monocle*每年都選二十五個最宜居的城市，上榜與否、排名先後，取決城市裡的各種參數，像圖書館和公園的數目、失業率的高低、一年幾多宗謀殺案，還有一項：就是獨立書店的數目了。

我喜歡西貢的這家小書店、也喜歡經營書店的兩口子，選書擺書用心之外，也在書店裡灌注了一份真誠和踏實。書店的新書（主要以人文歷史為主）難得齊全，二手書也常有驚喜。我每三兩個月去一趟書店，每次在書架中間都會找到不少分類準確但又早已消失於市場上的書本，這書店收了不少二手書，都會整理好才慢慢上架。

早陣子我就買了一本英國作家彼德．梅爾（Peter Mayle）寫的《山居歲月：普羅旺斯的一年》。我在小書店買到的是舊版本，尹萍翻譯，季節風出版，出版社也早已不在。大概十年前，臺灣皇冠出版社出了新的版本、韓良憶翻譯。書裡寫的是作家在上世紀八〇年代尾，為了改變生活、為了法國南部的陽光和美食，決定移居法國南部的普羅旺斯，住下來一年之後，就寫成這本《山居歲月》，記下生活的美好。

即使在英國人眼中（梅爾的筆下），法國人工作懶散不靠譜（在香港人眼中，英國人已很不靠譜），一點效率都沒有，但只要住在普羅旺斯，（除短暫的寒冬）就有不絕的陽光、不絕的盛宴，可以喝很多的咖啡，喝很多的酒，到頭來，沒有效率有什麼所謂？這種與世無爭的山居歲月，比東尼．賈德（Tony Judt）在瑞士的深山山屋並不一樣，瑞士深山是孤冷的避世，普羅旺斯則是跟陽光一起快樂避世。

據說當年此書出版之後造成轟動，讀者很多、不斷再版，因為作者寫得太好，讀者完全感受到作者的喜悅和普羅旺斯的美好，讀完書後，都萌生了去法國南部度假或移居的念頭。九〇年代初，讀者前仆後繼湧到普羅旺斯朝聖，後果就是熱鬧到淪陷，最終連梅爾自己也敗走法國，遷到紐約、避開遊客。我在網上翻資料，梅爾二〇一八年去世，而臨終之前，他再次搬回普羅旺斯度過了最後的時間。這次回去，梅爾是如願回到這個令他成名的地方嗎？會不會為當年引來太多遊客而帶點愧疚？

事隔三十年有多，我讀著書也想立即飛到普羅旺斯。但民困愁城，孤島、深山都是幻想不到的遙遠。不過，想要避世的話，一開始提到的西貢小書店其實是個好地方。從大街走到小巷、進入書店，將那道趟門拉上，外面的世界就此隔開，立即就聽到寧靜的聲音。然後，在書店隨意找本書來讀，投入在文字世界之中，今天是什麼日子、外面的人來人往、潮起潮落，不用再理會，好好避世，避世好好。

§

早幾天跑上太平山街見山書店，為的是聽郭梓祺講《尤里西斯》。趕在開始前達陣，書店外已幾乎坐滿廿多人，一個又濕又熱又有蚊叮的平日下午，竟然這麼多人來聽喬哀斯，而且個個專心坐到完場，香港人有時真的很離奇。

知道郭梓祺有文學班，付費的，也常爆滿，聽了這一場，即明白為何叫好叫座。祺的文章讀過不少，寫書、談書，中西皆通，信手拈來就是一個故事。像這次聽他講《尤里西斯》，換個方法，用口說而非用筆寫，好看變成好聽，一個鐘頭轉眼就過。結尾的時候，有讀者問起喬哀斯筆名Stephen Deadalus的來源，郭梓祺隨口就說起希臘神話中Daedalus的故事，又引伸講到以Daedalus兒子——Icarus作主題的畫作變遷，反映世俗不斷的祛魅。

我不諳文學，所以上課前備課，讀的就是郭梓祺新書《一道門》，見山出版。新時代香港有許多特徵，除了官方日夜轟炸灌輸的那些，像見山一樣的小書店也是其中一隅，在愈見有限的空間發揮最大的作用，賣書也出書，微小但重要。我找了郭梓祺在《一道門》裡、幾篇談喬哀斯和《尤里西斯》的文章來讀，把喬哀斯筆下的跳脫和嘲諷，勾勒出來。像在〈JJ學〉（註：郭梓祺創，JJ即喬哀斯James Joyce）一文，談到小說主角Bloom對素食者的調侃，創造了weggebobbles（即vegetables）、nutarians（只吃果仁的人）、fruitarians（只吃生果的人）等怪字。

打了底，到見山聽郭梓祺一字一句讀《尤里西斯》第八章的選段，想起讀大學時候參加政治哲學的夜讀，也同樣一班人逐字逐句慢慢細讀原典。一小撮一小撮地明白起來，竟然不覺艱澀，甚至覺得輕鬆好讀，想多找喬哀斯來看，這又是講解者的功力。特別喜歡的一段，是Bloom在走入喧鬧的餐廳後，看到座上食客的百態（醜態），其中寫到一個肥仔用他的邋遢餐巾抹餐檯上的刀叉：A pallid suetfaced young man polished his tumbler knife fork and spoon with his napkin. New set of microbes. 精警的是後一句：將舊的細菌換上新的細菌。我想起以前吃白灼蝦，檯上總有一碗加了兩片檸檬的濃茶，給客人「洗手」，總覺得是第一個剝完蝦的人有福了。

同樣在〈ＪＪ學〉一文裡，郭梓祺提到喬哀斯在愛爾蘭最風雨飄搖的日子，選擇以最遠的距離回應時代：「由一戰、復活節起義、愛爾蘭獨立、到愛爾蘭內戰這血肉模糊的七年時間，ＪＪ就在埋頭寫好小說裡一九〇四年六月那一天（註：十六日）……ＪＪ後來說，即使都柏林在地球消滅，後人都可依《尤里西斯》將這城市重構出來。」

這七年時間，對喬哀斯來說，大概很不容易，如何在風火的時候保持冷靜、在消沉的現實堅持自我，做什麼、不做什麼，要面對的不只是旁人的眼光和想法，還肯定有自己不斷的質疑。但最後，他始終寫成了這磚頭一樣的《尤里西斯》，用文字把一座城市的好和壞都記錄下來，讓我們可以讀著一九〇四年的都柏林。

未經反省的生活，是不值得過的

在學期末的時候，我給我的學生寫了一些話但壓根兒的是向自己寫、向自己說。

各位同學：在我們還沒有正式見過面之前，學期就結束了，在你們當中，有一些甚至還不在香港。早陣子，有一位同學，在學校的走廊上碰到我，跟我說我是你的老師、有教你中國政治。老實說，在你們僅有幾次打開鏡頭的瞬間，我沒辦法記住你們。直到你報上名來，我才知道這個名字的學生原來是這個樣子，配對起來。

看到你們才剛進入大學，我回想起自己進入大學的時刻，其實也沒有發生在太久以前。我在大學的三年裡面，經歷過反國教和雨傘，那時候覺得風風火火，現在回看，當然明白那些實在什麼也不是。至少那時候，無論是為了什麼原因，我們沒有戴口罩的必要；至少那時候，大學仍然自由出入；至少那時候，當我們認真去學習和閱讀什麼是自由平等、民主政治，縱然遙遠，也不像今天鐵定的絕望。

這一年，太過難捱，所有可以變壞、不能變壞的事情，全部都變壞了。這個學期我教的兩班，你們都是剛剛新來到這校園，初到此地但卻無從適應，箇中難處只能默然承受，因為我們知道無從適應的不只自己。不過，也要緊記，即使全世界都困難、全世界都有疫情，不等於我們就沒有感到困難的權利。

但無論怎樣我都想跟你們說，大學的時光，仍然會是最無憂無慮、自由快樂的時候，或至少是在最不快樂的日子當中，最快樂的時候吧。不過為此你們必須付出，才能得到這自由和快樂。你可能問：那要付出什麼？就是在你投入青春和熱血在怎樣的事情之前，想清楚你想投入到哪裡。因為大學的時間很短暫，所以在你把時間作出投資之前，要好好計劃。

十年前，我還未進入大學，我讀了我大學老師周保松的《相遇》，書對我的影響很深，也希望你們有機會可以讀到。書裡面，他給學生這樣寫道：「我們的生命和心靈，遂恆常面對折曲掙扎侵蝕。自由自主，如此難求。而對生命愈有要求，對生活愈敏感的人，便愈感受其中苦況。底線於是一退再退，原則調整復調整。或許去到某一刻，我們不得不接受，那便是人生唯一的選擇，從而失去僅有的對生活另類的想像能力……蘇格拉底說，未經反省的生活，是不值得過的。」

「我相信，人的高貴，繫於人有這種自我的價值批判意識。我也相信，這種意識愈得到發展，人愈自由。而人愈自由，才愈能知道自己想過什麼生活，愈能感受到生命的天空海闊，愈能對既有制度作出反思。」

我知道，十年前和現在，早已是兩個世界。但即使在制度面前我們微不足道，比起學習「識時務者為俊傑」，我們努力去做好自己，做一個仍然懂得辨別是非的人，縱使比起前者困難、比起前者痛苦，但我們至少對得起自己。

在扭曲了的世界，辨清是非變得不再容易，但願我們能一起在迷惘的路途中探索，把「擇善固執」四隻字學懂之餘，好好地活出來。用知識把自己裝備起來，做一個對得起自己的人。我們一起努力。

§

讀鍾耀華的《時間也許從不站在我們這邊》，看著他的文字，幾乎覺得整個鍾耀華活靈活現地站在眼前。大學幾年，同在中大政政系裡，總會常常碰面，但就只是碰面。我性格孤僻，下課就急急回家，或跟女朋友見面，沒有怎樣建立大學裡的人際關係，是大學生活的遺憾之一。但在我的記憶和想像之中，鍾耀華就是這樣的一個人：很多想法，很多思考，性格主動但又沉穩內斂，是一個矛盾的人。

一般人看到的鍾耀華，是中大學生會會長，也是雨傘運動時學聯跟林鄭對話的五人之一。學生運動領袖，很難不是性格主動；但無論鍾耀華言辭如何犀利，他又總不會令人覺得搶了風頭，而是踏實和細密。看到鍾耀華，總覺得他是在思考一些沒有答案的事情，但或許思考本身，很多時候都比答案更有意義。像他在書裡這樣寫：「社會有千百萬種聲音，我們帶著這些聲音走到世間，但靈魂的抖動，又是否能察。」其實很多事情，在社會上、在生活中，真的沒有什麼答案可言。

時間過去，香港轉變，人也在變。那邊廂看到岑敖暉結婚的訪問，這邊又在讀鍾耀華的新書，都是政政系的好消息，關於政政系的新聞，終於不用再看到誰誰在街頭發難，又或是誰誰誰打倒昨日的我成功上位。

在書上，鍾耀華給我題了「珍重，珍重」。大概就在二〇一九年的春夏之交開始，朋友之間的祝福、寄語，多了「保重」、「平安」、「珍重」之類。不會再說更多，但大家心裡明白，在這個滿是亂流的年頭，能珍重平安已不容易。「珍重，珍重」，聯想到的是中文大學新亞書院的校歌。這校歌的最後一段，即使不是新亞人，也總會聽過：

「手空空，無一物，路遙遙，無止境。亂離中，流浪裡，餓我體膚勞我精。艱險我奮進，困乏我多情。千斤擔子兩肩挑，趁青春，結隊向前行。珍重，珍重，這是我新亞精神。」

說起中大的書院，我不是新亞的學生，而是大學山腳的崇基學院。在一年要去十幾次的周會裡面（要去很多周會是崇基人的特色），也要唱崇基院歌和學生會會歌。我不只沒有什麼大學生活，也沒有半點書院精神，三年來除了周會之外，幾乎跟崇基沒有半點的交情，兩首總共唱了近四十次的院歌和會歌，到現在也忘記得七七八八。但早前看到師兄葉家威在facebook 貼了院歌的歌詞，勾起回憶之餘，也感覺到崇基院歌的重量。其中的幾句歌詞是這樣寫道：

「漫漫長夜，屹立明燈，使命莫辜負。學成致用，挽救狂瀾，靈光照寰宇。神州學術，源遠流長，數典不忘祖。自由民主，嘉誼友邦，協力相互助……」

大學的使命是學成致用挽救狂瀾，保存珍重的是神州大學的學術知識，始終關懷是社會制度的自由民主；縱然艱險，但依然奮進。讀大學的時候，跟今天相比，那時都是天下太平的人間樂土。唱出了歌詞，但唱不出歌詞的份量。到了現在，讀著鍾耀華的文字，想起了大學裡的精神，想起了作為讀書人的責任，一切一切，都很沉重。

II

從香港，看臺灣

百年追求的臺灣民主

喜歡看歷史，因為不用自己經歷，而且，早知結局，儘管都是hindsight、事後孔明，學到的卻是「歷史寶貴的一課」。讀歷史的時候，時間壓縮起來，文字也好、影像也好，翻一翻、轉過眼就是百年。寫歷史和讀歷史的人，很多時候只看到歷史的推進，卻錯過了歷史裡面、那些曾經有血有汗的人的感受。忘記了他／她們那時候實際生活中的每一天，過得都比我們現在回看整段歷史紀錄，更難過漫長。

幾年前，臺灣的衛城出版出了一套三冊名為《百年追求：臺灣民主運動的故事》的書，將臺灣民主發展的歷史，從頭記錄下來，這套書斷版一段日子，我也一直未找到「卷三」來讀[6]。碰巧，中研院社會所的吳乃德教授（吳怡農的父親），最近出版了談美麗島事件的《臺灣最好的時刻》（春山出版），填補了講美麗島時代的一段歷史。

像我常常都說，現在的臺灣，對香港來說只有羨慕的份兒；香港人真的想要參考學習

6 卷三後來終於再版，本書之後也會寫到。

臺灣的話，其實不是學現在的臺灣，而是回到一百年前、臺灣民主運動扎根萌芽的時候開始去學。

臺灣的民主運動，前後用上近百年時間，所以才有「百年追求」的說法。臺大歷史系教授陳翠蓮所寫的「卷一」，為三部曲之首，寫的是這場運動的第一階段，也就是從結果來說「無功而回」的頭半個世紀。

從日本殖民臺灣時興起的反殖運動開始，一直寫到戰後的二二八事件為末。臺灣在那五十年時間，結果悲慘，卻是重要而必經的開頭。卷一的副題是〈自治的夢想〉，臺灣人的身分認同也在那個時候就開始形成，只是當時遠遠未成氣候。不過，起頭階段誰都必須走過，像那時候推動民主自治運動的重要人物蔡培火，一九二〇年的時候在《臺灣青年》就寫下了「臺灣是臺灣人的臺灣」。

對於參與民主運動的人來說，目標明確清晰，卻永不知道結果將會如何，畢竟他和她們所對上的，是比自己更強大的體制。在日殖時期，臺灣人尋求的是殖民下的自治，如果有去臺中旅行，你必定去過臺中火車站附近、一幢日式老建築食雪糕，那裡叫做宮原眼科。那時候，有位名叫宮原武熊的醫生，在車站前開了眼科診所，但原來宮原醫生也喜歡參與政治，當時在日殖期間，有份支持「內臺融和」，在那時候軍國日本推動的大亞細亞主義之下，發展臺灣本島上的自治空間。

二戰之後，臺灣回歸中華民國懷抱，民主運動曾經短暫幻想過一切都會好起來：停戰解殖、回歸祖國，然後走向民主自由，還有什麼比這結果更理想吸引？但從國軍下船踏足臺灣的一刻，幻想就化為夢幻泡影。「戰勝」的國軍、前來接管臺灣的國軍，個個像苦力多於軍人，跟在岸上兩旁迎接、「戰敗」的日軍相比，怎樣看，這場勝負結果都是顛倒錯配。

軍人如此不堪，管治這些軍人的民國政府也當然同樣不堪無能。民國政府的外省官員將領，與臺灣島上生活、見識過日本政府管治的本省人，處處摩擦不合，一九四七年爆發二二八事件、民國政府屠殺本省人，大量臺灣本省人的精英給殺掉，正是這種文明和權力交錯衝突的結果。臺灣民主運動的第一部曲，也以此悲劇告終。

那時候，臺灣與民主的距離，遠到不能想像，幾乎無希望可言。而對於那時候參與民主運動的人來說，每天都擔驚受怕，因為無人知道、也不怎相信，這場運動會成功。口裡說堅信民主可以戰勝歸來，但同時心裡有底，知道一切都非常遙遠。

§

在二二八事件之後，臺灣民主運動一直處於低潮，特別是到了國共內戰的尾聲，戒嚴令延伸至當時的臺灣省，一直至一九八七年才解嚴（有說橫跨三十八年的戒嚴令是世界最長之一）。戒嚴令下，配合蔣介石為了反共而頒布的「動員戡亂時期臨時條款」，雙重措施，簡單來說就是獨裁者最大，什麼人權自由法治程序公義，全部都放在一邊。

吳乃德寫的《百年追求（卷二）》，題為〈自由的挫敗〉，寫的就是二二八以後，臺灣民主運動在一九四九至一九七一年的經歷，也是百年民主運動的第二部曲。總結這二十多年的經驗，十六個字可以總結：「了無前進，只有倒退；艱難階段，至關重要。」

吳乃德說「自由的挫敗」，是這段時間爭取民主自由最重要的力量、雷震創辦的雜誌《自由中國》的挫敗。雷震本來是蔣介石的愛將，一直參與國民黨政府的工作，做過行政院政務委員（也就是今天唐鳳的職位）、國策顧問等等。到了一九四九年隨國民黨逃到臺灣之後，作為外省知識分子，雷震找來張佛泉、傅斯年等人商討創辦《自由中國》，同年創刊，並由當時還在美國的胡適出任發行人。

那時候《自由中國》的內容，現在讀來也不違和。例如一九五一年的其中一篇社論，談言論自由，批評政府總喜歡說言論自由不是放縱、應該有限制。社論如是說：「言論自由是一種工具，它可以用來造亂，也可以用來平亂。如果造亂集團尚且能夠利用言論自由以達到不正當的目的，我們為什麼不能藉言論自由以達到正當的目的呢？他們將自由與放縱二者混為一談。極權國家的首領大都是放縱的。」

以雷震為首的《自由中國》，希望爭取民主、挑戰強權，但實際上獨裁者是沒有底線而且如日方中。一九六〇年，蔣介石的第二任總統任期將會完結，憲法規定總統只可連任一次。不過獨裁者要破壞憲法是輕而易舉，手段方法我們也不陌生，畢竟獨裁者姓什麼也好，伎倆也是相若。

蔣介石做的是修改《臨時條款》而不更動憲法，而修改之前，先全力開動輿論機器，像蔣經國當年就寫過這樣的文章講蔣介石連任之必要：「老人（蔣介石）是可愛的，亦是令人敬佩的！他留給我們最深刻的印象，就是他永不灰心、永不放手的意志和毅力……」大法官史尚寬也在報紙發表意見，認為由立法院提出修正再經過複決，連任程序就絕對合法，依法連任了。

國家機器全力開動，《自由中國》再奮力反抗都是以卵擊石。一九六〇年九月一日，《自由中國》最後一期，殷海光執筆社論，其中這樣寫道：「在這個小島上……（獨裁者）在臺灣把有人格有氣有節有抱負的人很有效地消滅殆盡了。他們控制了一群以說謊造謠為專業者。他們抵制著一群藉著幫同作惡以自肥的人。」雷震除了辦《自由中國》，還積極籌組反對黨，換來的結局是十年牢獄，百年民主運動的第二部曲也隨之落幕。

雖然《自由中國》挫敗收場，卻成為百年民主運動不可或缺的經驗。雷震被捕之後，相關的民主力量瞬間消散，為獨裁政權帶來了片刻的清靜，但清靜不等於穩定，《自由中國》的經驗為後來的「美麗島事件」提供了重要的經驗，在這場持久的對抗中，帶來了新的策略，也慢慢走到三部曲裡的最後一部。

§

現在臺灣是民主政體，所以當我們回看臺灣一百年的民主化過程，讀起來都比實際所發生的來得輕鬆容易，因為我們知道最終的結局是完滿的、是令人羨慕的。不過實際上，即使是走到三部曲裡面的最後一部，民主運動所經歷的，依然是慘痛和悲壯。

除了《百年追求》的「卷二」之外，吳乃德教授還寫了《臺灣最好的時刻一九七七―一九八七》（春山出版），這十年時間是民主化的最後直路，但同樣悲壯，其中就發生了「美麗島事件」。全世界不管任何地方，爭取民主，所挑戰的對象永遠是獨裁政府，亦即要從權力的根本、動搖獨裁者的利益，即在太歲頭上動土。所以，爭取民主，靠的必須是人民團結的力量。而要做到的話，民主運動者，往往靠文字傳播思想信念；反過來，獨裁政府都會控制思想自由，打壓出版自然是方法之一。所以無論是之前的《自由中國》，或在中間一九六〇年代、由李敖主編的《文星》，還是後來的《美麗島》雜誌，一本又一本刺激獨裁者神經的思想雜誌，都同樣招來針對和壓制，自是意料中事。

吳乃德所說的十年，是「臺灣最好的時刻」，但這「最後」是經過美麗島事件後才迎來的。所謂美麗島事件，最初黨外人士在一九七九年五月，創辦《美麗島》雜誌；同年十二月十日的國際人權日，舉行了遊行等活動，很快引來警察鎮壓，並且一舉逮捕一眾黨外人士，包括了林義雄、陳菊、施明德等等。除了把民主運動的領袖人物關起來，還有更恐怖的殺戮緊隨其後。最好的時刻來到之前，往往是最壞、最壞的時刻。緊接著美麗島事件後，還有更可怕的事發生。

就在大搜捕的幾個月後，翌年二月，開始審訊這批黨外人士。在一九八〇年二月二十八日，在審訊中，林義雄的母親遲遲未有到法庭聽審，因而引起懷疑，林義雄的祕書回到林宅看看發生了什麼事，到達位處臺北信義路三段三十一巷十六號的林義雄住宅，走入屋內，血跡斑斑，林義雄的母親和兩名女兒都伏屍家中，另有林義雄的長女重傷昏迷，這就是歷史上的「林宅血案」。在臺灣政治發展上，二月二十八日，無疑是個不祥的日子。

林宅血案之後，還有陳文成命案、江南案等暗殺事件，一切你以為只有在電影中才會發生的殘暴，現實裡都發生了，而且往往是有過之而無不及。如果可以穿越時空，把吳乃德的這本書放到當年的吳乃德的書架上，我想，那時候的吳乃德，不會相信今天的這一切，更不可能相信這樣的時刻，可以稱之為「最好的時刻」。不過，吳乃德沒有說錯，這十年時間也見證了很多很多的美好。

從運動的角度來看，美麗島事件不像之前的雷震事件，當眾多黨外人士都給逮捕之後，民主運動並沒有消散。黨外人士的家屬、親友，反而走出來，完成黨外人士未完的革命，打著「延續黨外香火」的旗號、參與當時有限的公開選舉、宣揚民主理念。之後的，就是民主運動終於嘗到勝利的故事了，民進黨成立、臺灣解除戒嚴，再之後就是九十年代的第一次總統選舉。

§

時間一轉，來到二〇二〇年五月二十日。民進黨人在總統府就職，在選舉之後，繼續全面執政。看著就職禮，政府內的所有要角，都是民進黨人。她和他們，面露自信和笑容、一副當家作主的模樣。現在當權的，大部分都是民進黨的第二、三代了，但對同場那些經歷過「美麗島時代」的第一代民進黨人，像陳菊（因美麗島事件而入獄十年）、像蘇貞昌（為美麗島事件政治犯的辯護律師），心裡是怎樣的滋味？

吳乃德說，美麗島時代是臺灣最好的時刻，因為再多的打壓和再多的恐怖，最後都換來了民主。所謂的打壓和恐怖，是連續的政治拘捕和審判，還有通過暗殺而帶來肅殺，獨裁者要折斷壓傷的蘆葦，吹滅將殘的燈火，要將剩下的那一丁點希望，都徹底粉碎撲滅。然而，反過來看，只要爭取民主的人，始終保住那一丁點的希望，星星之火還是足以燎原。這是當時必須要做、而且唯一可做，只求留存一口氣，在再壞的時候，做個最好的人。當這些好的人，拼湊起來，還是可以迎來最好的時刻。

上文提到，在美麗島事件後，民主抗爭運動沒有因為運動領袖們被捕而停止，反而有更多人加入了黨外。像政治犯的家屬，如黃信介的弟弟黃天福、姚嘉文的太太周清玉，都代替入獄的家屬積極投入選舉。那時候，臺灣仍然處於動員戡亂時期、戒嚴令仍然生效，這些繼續追求民主的人，可敬又勇敢。

當年臺灣雖是獨裁政權，但一直開放有限度的選舉。不論是地方選舉，抑或是立法院「萬年國會」的補選，議席有限、功能不大，但開放有限的選舉，對獨裁政府來說，卻能達到兩種效果：一是國民黨可以通過開放這些議席公開選舉，增加政權的合法性；二是讓爭取民主的人可以得到參政的機會，並通過選舉宣揚理念。美國學者任雪麗（Shelley Rigger）在解釋臺灣民主化成功的時候，就相當著重「有限選舉」的角色和影響（voting for democracy）。

同樣，吳乃德在《臺灣最好的時刻》也說明在美麗島事件後，黨外的人沒有放棄，而且大舉投入選舉的作用。他認為「任何反對運動都需要一個持續的、高能見度的領導中心，做為群眾認同的對象，也做為政權的另一個選擇」，「透過選舉出現的領導人物，和論述所創造出來的抗議者有很大的不同。雜誌的普及和影響力都相當有限。最重要的差異是，民眾渴望看到真實的人、聽到真實的聲音，和鮮活的領導人一起呼吸，一起築夢」。通過選舉，為當權者帶來壓力，並逼獨裁政權犯錯出醜，這都是臺灣百年民主運動成功的重要總結。

爭取民主，真的很難。但因為民主是人的基本權利，而且再困難都有成功的例子、美好的故事，所以才會有一代又一代的人，前仆後繼，在這城那城都奮而投入其中，哪怕明知困難不易。民主運動，看起來總是波瀾壯闊，但作為參與其中的人，保住自己的希望、做個對得住自己的人，就很足夠。

§

經過一段時間之後，《百年追求》終於迎來重新再版（卷一和卷三），由春山出版。胡慧玲的「卷三」，重新命名為《臺灣之春》，主要寫一九七〇年代以後的臺灣民主運動。包括此前提及的美麗島事件、林宅血案，另外還有中壢事件、陳文成血案、江南血案等等，都發生在這個時候，都是有血有淚有人命的大事。

在那段艱難的時間，面對著殘酷獨裁政權的大力打壓，表現得無畏無懼的民主領袖，像林義雄、黃信介，像施明德、陳菊等等，故事名留青史；而蔣氏和國民黨，利用荒誕、無道德的手段，將異己消滅。但在回看這一段歷史的時候、在《臺灣之春》的字裡行間，我更在意的是平凡素人，在如此高壓的社會之下如何生存、如何自處。

如果民主化的經驗，真的可以學習的話，那麼更重要的，其實是在不斷打壓和不斷反抗的社會之下，一般人可以做什麼、能夠做什麼。因為民主化的過程，民主運動的領袖和社會裡面的每一個人，同樣缺一不可。回顧民主化的過程，往往聚焦放大一些故事、一些人物，反而忽略了平凡大眾的角色。在《臺灣之春》裡，作者沒有刻意書寫臺灣社會裡一般人的角色，卻仍然可以從書裡看到當時的社會大眾做了什麼。

一般人能夠做、而且必須要做的，其實就是盡可能關心和支持，聽起來無特別，但實際上是民主運動的核心所在。在臺灣的民主運動，即使在戒嚴令下沒有出版自由，但爭取自由的人從未曾停止挑戰，地下書籍和雜誌的出版，一直都是民主運動的核心。無論像最早期雷震的《自由中國》，以至後來的《美麗島》，或像林義雄、姚嘉文合著、記錄他們為郭雨新打選舉官司的《虎落平陽》等等，都得到很大的迴響。民主運動的領袖，把行動和理念書寫下來當然重要，但如果沒有人去支持和關心、沒有人買這些出版物，沒有細讀這些著作，一切都枉然勞力。

在臺灣民主運動的最後一部分，吳乃德說是「最好的時刻」，因為民主即將降臨，當時運動的力量也愈來愈大。但我們也不可忽略國民黨政府在蔣經國治下，鷹派當道，打壓的力度和手段同樣來得更大，無論是對出版的隨意查禁或停刊，抑或對民主運動人物的拘捕和抹黑，國家機器的打壓是全力開動。只是在那時候，社會大眾的支持仍舊熾熱，人民的力量更為強大。在臺灣民主化的經驗中，我們不能忘記人民的參與。

§

看臺灣的民主化，從結果來看，是政體的轉型，從威權獨裁慢慢轉型成為民主政治。但如果我們把時間線拉長放大，在每一個時間點上，其實都有無數的悲劇和傷痛，一連串地不斷發生。後來幸運圓滿的結局，早就染滿血淚。數不盡的悲慘人物，就在這個痛苦而漫長、難以想像希望的過程裡，擔當著或大或小的角色。

像一九七九年的美麗島事件，獨裁政府借機將反對勢力一網打盡，大舉拘捕黨外人士。那時候的恐怖，對於這些黨外的人和她／他們身邊的家人朋友，每天來襲的恐懼和壓力都是不可估量。從二二八到美麗島事件，幾十年來每天的持續政治高壓，日出日落並沒有給臺灣人帶來恐懼和壓力的免疫，相反，這些爭取民主的臺灣人更明白到獨裁者的歹毒不仁和不義。

那時候，《美麗島》雜誌雲集了所有黨外的精英人物：發行人黃信介、社長許信良、副社長呂秀蓮、總經理施明德，還有處理《美麗島》實際編務的是陳忠信和魏廷朝等等，這些人物想當然耳、都在大搜捕名單的前列。而在這段歷史中，最可怕的是大搜捕所帶來的恐懼，還不及緊接發生的林宅血案（林義雄的母親和兩名女兒都給殺害）恐怖。唐香燕說，作為《美麗島》的家屬，在血案發生以後：「我們驚覺，身在窮山惡水間，我們並不安全。」

唐香燕是陳忠信的太太，在一九七九年夏天、美麗島事件之前，唐和陳剛剛結婚，從臺南搬到臺北，住在南區的半山上。半山的鄰居都是蘇慶黎、田秋堇、林濁水等人，因為共同關切「打破一黨專制，要有民主臺灣，要有自由、開放的未來」，而選擇搬到山上、成為鄰居。

唐香燕早陣子寫了散文集《時光悠悠美麗島》（春山出版），一篇一篇的文章，寫她小時候的學習成長，寫她和父母兄長的生活，當然也寫及她如何經歷美麗島事件。在大搜捕當天，她這樣寫：「出事，出大事了！先生被捕，朋友則如驚弓鳥雀，四散飛逃。先生被帶走之後的那個早晨，我站在凌亂的客廳中間，走投無路的時候，最早打電話給我的是蘇姊（蘇慶黎）……她想到我不是政治圈人，也不認識什麼人，這時候一定六神無主。」

接了電話之後，唐就聽從指示，找到這個圈子裡仍然互相扶持的一些人。那時候在整個臺灣，這「圈子」都是政治犯們的家屬和朋友，各自都是對方在茫茫大海裡的一根浮木，但圈子以外，都是無情冷酷。唐香燕說：在陳忠信入獄以後，很多生活上的細節都令她難受。她在書店碰到朋友，朋友問她「陳先生好嗎？」。唐香燕立即想：「陳先生？怎麼不說名字說陳先生？我們不是朋友嗎？」又有一天在街上碰到其他朋友，問她：「陳忠信最近好不好，現在忙什麼？還有寫東西嗎？」唐香燕回答說：「陳忠信被抓起來了。」這些對答看似日常無害，實際上卻鋒利如刃，二次傷害早已受傷的人。

唐香燕在書的最後，形容走過美麗島事件的一輩人，都有「氣魄、眼光與耐力……前路艱辛，處處是戰場」。現在回看，那一切發生了的，都已變成悠悠時光；

不過，在能夠淡然回看之前，每個人只可以咬緊牙關，好好留住自己的氣魄、眼光和耐力，靜候悠悠時光。

回看七十年前的「四六事件」

「欸……你還好嗎？還有，香港還好嗎？」「好像愈看愈糟、只有更糟欸，你要小心。」「突然覺得，只希望韓國瑜不當選的我，這樣的心願很渺小。」身在臺灣的朋友，在反修例運動發生的時候，都傳來這樣的問候。

老實說，見到香港變成這樣，誰能無感？臺灣也要一國兩制？當然不了。所以，臺灣人看見「今天的香港」之後，還是對於「明日的臺灣」，感到一點憂慮。臺灣人看香港，是憂慮與恐慌；香港人看臺灣，是羨慕與安慰。曾幾何時，美國的辦學基金，像雅禮協會、亞洲協會等，資助新亞書院落戶香港而非臺灣，是因為香港「中立之地」的形象，不牽涉於國共鬥爭（詳見周愛靈著作《花果飄零》）。到了今天，臺灣各間大學張開雙臂，歡迎香港學生來臺避難、繼續學業（二〇一九年的時候，臺大、清大等大學，都歡迎香港學生到臺灣短期訪問上課，其間只需繳付宿費）。風水輪流轉、花無百日紅、剎那光輝不代表永恆，全部都是真的。當然，臺灣還是走過一段很長、很慘痛的路，才能夠變成今天的民主臺灣。對照起來，今天香港，不一定是明天的臺灣，但肯定是七十年前的臺灣。

七十年前，臺灣發生了什麼？最廣為人知的，是發生在一九四七年二月二十八日的「二二八事件」，臺灣民眾（本省人）跟二戰結束後、來臺不久的國民政府（外省人）發生衝突，起因是政府人員查緝私菸的時候殺害一名婦人，引來圍觀民眾不滿，而本省人對國民政府一直以來的怨恨，也在這事之後一次釋放出來，釀成嚴重衝突。當時由臺灣省行政長官陳儀所領導的國民政府，面對民眾反抗的應對方法，就是大舉鎮壓、搜捕民眾，造成過萬人傷亡（著名臺灣電影、侯孝賢的《悲情城市》就是講述這段歷史，戲裡面也有節錄陳儀在電臺的廣播）。

但除了「二二八」之外，臺灣還發生過一件事，較少香港人知道。但現在回看起來，跟香港比對更覺似曾相識，那就是發生在臺灣大學和當時仍然是師範學院（即現在的師範大學）的「四六事件」。

「四六事件」發生在一九四九年四月六日，國共內戰接近尾聲，國民政府氣數將盡，只剩臺灣為最後基地。因此，國民政府必須要在臺灣保持安定，將一切可能的共產勢力除去。放諸世界，大學校園從來都是反政府、反建制的基地，當時國民政府就以強硬手段應對大學校園的抗爭。而「四六事件」就是在當日凌晨時分，政府派出「背著槍並穿著雨衣的軍警」包圍大學宿舍，大舉搜捕學生，並以此事件標誌著「治安機關全面控制臺灣社會秩序的開始」。臺灣大學圖書館在二〇一七年出版了《四六事件與臺灣大學》，由臺大歷史系教授陳翠蓮和李鎧揚所著，詳細記錄了事件始末。

那麼當年的臺灣學生究竟做了什麼，換來給軍隊包圍宿舍搜捕的命運？是設置路障？還是製造了稱為「莫洛托夫雞尾酒」的汽油彈？

講「四六事件」，必須先談發生在大約兩星期前、一九四九年三月二十日的「單車雙載事件」。當晚，有臺大學生和師院學生，一同騎乘一輛單車出行，其間單車經過警察派出所，給警員看見並且截停。警員認為，單車應該是一人一輛，這樣兩人騎一輛單車是違例行為，所以要緝辦並帶回警署。因為「單車雙載」而逮捕的事件，很快傳開，學生覺得是小題大做，所以立即包圍警局，而且聲勢浩大，要求警察放人，同時要警察總局長公開道歉。

包圍警局的學生愈來愈多，雙方爭持不下，爆發衝突。混亂期間，學生反客為主，竟然將分局長和督察長從警署押走，並押回位於新生南路的臺大宿舍。一下子事件鬧大，學生其實也怕一發不可收，於是在之後一日一大清早，「釋放」兩名給押走的警察。然後學生又再遊行到警署抗議，要求道歉，而學生亦得償所願，獲警方道歉，最終散去了事。

你可能問：這「單車雙載」事件跟大約兩星期後發生的「四六事件」有什麼關

係？除了將政府和大學生對立起來，更重要的是激發了學生鬥志，認為政府面對抗議就怕，間接令學生士氣高昂起來。在三月二十九日的時候，幾間大學的學生自治會成員，為了慶祝「青年節」而辦營火晚會，載歌載舞非常高興，加上警察當局剛剛向學生道歉，學生風頭一時無兩。

在晚會中，同學唱了不少大陸學生常唱的歌，跳起帶有共產黨特色的秧歌舞蹈。不要忘記，那時候仍然是國共內戰，而臺灣是國民政府最後陣地；也不要忘記，兩年前才發生「二二八事件」，國民政府從來都不仁慈，如方丈一樣小器。三月二十九日的晚會，遂成為「四六事件」的觸發點。

在幾天之後，四月一日，南京爆發「四一慘案」，南京的學生跟軍隊激烈衝突，國民政府也即將失去南京。每逢亂世，總是這麼多關鍵日期，像「四一」、「四六」等等。這時候，國民政府有感只剩臺灣可守（可躲），所以更要在臺「肅清匪諜」、掃除反動勢力。臺灣「匪諜」的「反動重地」，在大學之內，其中又以臺大和師院為甚，因此就雷厲風行地在四月六日的凌晨，派軍隊到師院和臺大的學生宿舍，搜捕嫌疑搞事的學生。

軍隊到達師院的時候，學生群起反抗，以桌椅等雜物堵塞樓梯，不讓軍隊攻入，這些攻守場面，經過二〇一九年之後我們都不陌生。最後，軍隊派來卡車，將過百名學生拘捕帶走；而在臺大的宿舍，軍隊攻堅過程相對輕易，原因是學校收發信件室的外省籍職員「篤灰」，協助軍隊認人，將緝捕名單上的人都認出來帶走。大學校園從來不是法外之地，但同時也不是隨意讓軍隊殺入、大舉鎮壓的地方。因此，不論世界何處，只要有類似入侵大學的事件發生，都必定寫入歷史之中。一九四九年「四六事件」如是，一九六九年東京大學「安田講堂」事件如是，二〇一九年香港的幾間大學也不會例外。

「四六事件」發生的時候，臺大校長是傅斯年（字孟真），其實傅斯年早就知道軍方會有行動。在四月五日的時候，臺灣省政府主席陳誠，與傅斯年校長和師院院長謝東閔會晤，談及有關「肅清匪諜」的行動，知會兩位校長有關逮捕行動。

根據《四六事件與臺灣大學》一書，傅斯年當時說：「要求安定，先要肅清匪諜。你做，我有三個條件：一、要快做；二、要徹底做；三、不能流血。」同時有一個請求：「晚上驅離學生時，不能流血，若有學生流血，我要跟你拚命！」到了後來，在學生給拘捕之後，傅斯年四出為學生申請保釋，並保證隨傳隨到。至於師範學院的謝東閔院長，在當天晚上的會晤中，聽完陳誠的說話之後，向陳誠鞠了一躬，並說：作為師院院長，他做不來。後來謝東閔辭任院長，由劉真接任。

在「四六事件」後，分別由黨和政府營運的《中央日報》和《臺灣新生報》報導事件，並指摘學生搗亂是教育失敗，校風敗壞，政府學校一樣難辭其咎。而民間所辦的《公論報》則認為「不妨看作一種進步的表示，因為自由思想問題構成的學生運動」，而政府亦應該「出之以哀矜，處之以寬大」。在事件發生之後，校園內瀰漫一片恐怖氣氛，逮捕就像沒完沒了，每一天上課，都好像發現到「又有同學不見了」。而這樣的白色恐怖氣氛，從此一直在臺灣縈繞不散，直至一九八七年宣布解除戒嚴、慢慢進入民主化才停止。

現在臺灣每逢大選，香港人無比羨慕，甚至作為旅行原因來臺「觀察選舉」，但更覺哀傷。臺灣能得到民主，也走過了七十年的艱難、經歷過獨裁政府的打壓摧殘。現在香港也走在同樣的路上嗎？臺灣的經驗，可以讓我們看到隧道盡頭的光明？還是我們走在隧道之中，進入光明的盡頭？

當民主政治變成生活日常

這文章，寫在選舉結果出爐以前。是蔡英文連任成功，抑或是整個臺灣未來四年真的要見證「禿子跟著月亮走」（韓國瑜自傳的書名），其實不是我最想要寫的東西，我只想記下選舉的一些觀察。香港人喜歡跑去臺灣看選舉，應該看什麼、又或者應該要看到什麼？從登上往臺北的飛機開始，就已開始碰上朋友。選舉前後，很多香港人都跑到臺灣，看看民主選舉是怎樣一回事。

當學術界研究臺灣國際關係的時候，除了探討海峽兩岸政治之外，就是臺灣如何能在各種各樣的限制之下，突破重重障礙、給世界看見。自蔡英文上任後，邦交國只剩十四個。既然正式的外交實力愈來愈弱、空間愈來愈小，唯有靠所謂「公共外交」（public diplomacy），或更籠統一點的說法形容——軟實力（soft power），從臺灣向世界輸出軟實力，確立臺灣的地位。軟實力跟「文化」密不可分，所以「小確幸」是軟實力，鳳梨酥太陽餅可以是軟實力，但臺灣最厲害的軟實力，還是自由民主的政治制度。

作為大中華地區、華人社會唯一的民主政體，臺灣的民主發展是全亞洲數一數二的成熟。即使從民主化到現在也只是二十多年，但政黨制度（party system）比日本更穩定，經歷政黨輪替也沒有帶來混亂、或影響制度的健全，這些都是成熟民主的體現。那麼民主如何能成為一種軟實力從而輸出世界？像蔡英文在競選的時候說：「臺灣選舉投票，全世界都在看。」這其實都不誇張，在造勢大會，不難碰到一臉好奇的外國人（當然還有很多香港人）晃來晃去，「民主體驗旅行團」，大有市場。

但更重要的，不是民主變成旅遊主題，而是為什麼臺灣民主可成旅遊主題。很多地方都有民主，為什麼我們要去臺灣觀選，而不去日本觀選？就像有旅行團會辦「英超朝聖團」，親身去英國球場「睇波」；但你不會問：香港不也是有「港超」嗎？港超和英超也一樣是十一人對十一人啊。臺灣選舉的好看，或者值得看的地方，就是場裡場外、臺上臺下的所有人，即政治人物和選民都全情投入。

臺灣的政治人物，無論是蔡英文或韓國瑜，以至是「宋伯伯」宋楚瑜都是獨樹一幟。像韓國瑜，即使他很強調自己是「賣菜郎」、是個貼地氣的「庶民」，但能夠成為高雄市長、再代表國民黨參選總統，再奇蹟也不是石頭爆出來的。他曾經是縣議員和立法委員，由從政第一刻開始就已經是經過民主選舉的歷練而走出來，作為政治人物，不論有多討厭他，也不能否定他的政治基本功。

至於宋伯伯和蔡英文，分別是華盛頓喬治城大學（Georgetown University）和倫敦政治經濟學院（LSE）博士。啊對了，即使韓國瑜也至少是臺灣政大碩士。當然，學歷與從政沒有什麼關係，學歷高也不保證什麼，但至少這就是臺灣的standard。我只是想，以「好打得、考第一」見稱的林鄭月娥，為什麼總是因為幾十年前讀書成績好而一臉自信？這個世界只有她識讀書考試嗎？

提到政治人物的基本功，韓國瑜參選以來，大部分人都可能只關注他的失言和怪異，忘記（或不知道）他做過立委，更沒有怎樣談及他十多年前曾經發生車禍意外撞死人，給法院判了觸犯「過失致死罪」，判處六個月有期徒刑、緩刑兩年。這些事對任何人來說都不容易面對，更遑論政治人物。韓國瑜在參選高雄市長的時候，有媒體重提這事，當時他立刻坦白承認，也表示負了相關的法律責任，這就是政治人物處理危機的一種示範。到了今屆選舉，也幾乎沒有人再談這樣的過去了。

要在臺灣政治圈生存，基本功是不可或缺。那麼什麼是基本功呢？除了對政治、對社會熟悉以外，也至少要有「卡里斯瑪」(charisma，魅力)，壓得住場。這些能力，或許是與生俱來，但更多是從政一路走來的訓練。我研究臺灣近年的社會運動，不少年輕的社運人物，慢慢走入政黨政治，繼續漫長的政治生涯，所以就會從地方開始進入政治圈，就像參選市議會選舉等，一步步走來。

因為研究關係，多少認識這一代新進的政治人物。最近在幾場造勢大會，看到幾位訪問過的朋友，都是年輕一代二十來歲，都走上臺為不同政黨候選人造勢支持。一上臺，拿起麥克風，面對的就是幾萬選民，就是這些場合成為了必要經過的鍛鍊機會。一次生、兩次熟，今次上臺或許帶點羞澀，但下屆下下屆的時候，就是成熟了、擔大旗的時候。

當然，不只政治人物，臺灣選舉之所以好看，關心政治踴躍投票的臺灣人也至關重要。真的，我一大早起來，下樓吃過豆漿蛋餅之後，就到了一家街邊的咖啡店，九十元新臺幣就是一杯手沖單品咖啡，我不太懂咖啡，但喝起來覺得好喝就足夠了。我坐在路邊，把幾份藍、綠報紙都讀一下，坐在我旁邊的是幾位中年大叔，幾位大叔似乎是熟客，同樣點了幾款不同的單品咖啡，也自攜麵包當早餐吃。但我要說的重點，不是他們早餐吃了什麼，而是聽著他們高談闊論，和年輕店員談政治談選舉。然後慢慢發現，即使離開咖啡店後，不管在捷運上、在誠品裡、在鼎泰豐或熱炒店也好，都聽到或年輕或年老，或男或女都在談選舉。政黨票投民眾黨怎樣？宋伯可不可以拿回選舉保證金？還有「蔡英文再執政就完蛋了」等等。

最近在臺灣，除了聽到居民都在談政治，除了聽到每天都有的垃圾車收垃圾的音樂，還會聽到候選人的宣傳車，來來回回駛過街道，有時候車上站著候選人跟路人揮手，有時候是播著不斷重複的宣傳聲帶。臺灣樓房不高，直接用宣傳車繞街走一圈，就真的可以直接接觸到選民了。除了宣傳車，還有這幾星期以來都在各區各處舉行的造勢會，有時候實在不能不佩服臺灣人，真的願意出席最最傳統的造勢活動，出席之餘，還會認真投入大喊「凍蒜」、大力揮動候選人的旗幟。

一方面佩服，但另一方面也多少明白這些造勢活動箇中的吸引力。數以萬計的人，跟你一樣、支持同樣的候選人或政黨，全部都在你身邊。這是真真正正用眼耳口鼻去感受這個非常 overwhelming 的「同溫層」。每兩年一次，圍爐取暖（臺灣地方選舉，跟總統立委大選相隔兩年），跟政見相同的街坊鄉親相聚一下，也是樂事。

出席造勢活動的人，上了年紀的人占多數，但也不乏年輕選民參與，像民進黨的造勢會就更為明顯。早幾天在凱達格蘭大道，參加韓國瑜在臺北的最後一場造勢，有位將青天白日旗蓋在身上的大媽，無端端拍我膊頭，問我：「欸！帥哥，你是支持韓國瑜嗎？」我答：「哦，不是的，我是香港來的，觀察一下。」這位大媽的眼神立即沒有了光，跟她身旁的另一位大媽說：「難怪是年輕人……」這時會場說已經有「過百萬人」了。一百萬人大概沒有，但我想在場的人加起來有「過百萬歲」，應該沒有懸念。

選舉的前一日，走到一家在永春附近、我很喜歡的咖啡店。門外可以抽菸的座位，繼續坐著幾位大叔，一邊論政，一邊吞雲吐霧。今天咖啡店門外貼了一張告示，寫著：「二〇二〇年一月十一日（六）投票日，午後開店」。在臺灣看選舉，我想最深刻也是最重要的感受，是政治滲入日常之中，而選舉投票，早已是生活的一部分。

香港人看唐鳳

關於唐鳳，因為一場世紀疫症而得到很多報導。日本媒體說，她是「ＩＱ一八〇的三十八歲臺灣天才ＩＴ大臣」，慨嘆「日本一、二億人出不了一個唐鳳」。因為她幫忙修正了日本東京都政府防疫網站的程式碼，改正網站上的錯字，又在臺灣幫助促成「即時口罩供應地圖」和「口罩實名制」等防疫措施，功德無量。

還有其他一些對唐鳳的傳聞：唐鳳進入政府之前，她「十六歲開公司，三十三歲退休，進過蘋果公司擔任顧問」（以上都是介紹唐鳳的指定句子），所以網路上有這樣的玩笑：「iPhone是唐鳳用腦波控制賈伯斯（喬布斯）命名的，其實全名是『I am唐鳳』。」對了，唐鳳可以控制別人的腦波也是謠言之一，據說不少「韓粉」都這樣認為，並且說她會監控網路……總括而言，唐鳳像神多過像人。那麼實際上，除了「十六歲……三十三歲……」之外，唐鳳究竟是誰？從香港人的角度，又看到唐鳳的什麼？

唐鳳是臺灣行政院的政務委員，二〇一六年蔡英文上任總統不久，唐鳳就以三十五歲之齡加入當時行政院長林全的內閣，成為最年輕的政務委員。而「政務委員」在行政編制上，跟各部長同級，唐鳳主要負責「督導數位經濟與開放政府發展」。

數位經濟、開放政府，實際上是什麼工作、又有什麼價值？一場瘟疫就可以清楚顯示出來。臺灣防疫做得出色，很長時間將新冠肺炎感染人數一直壓住，民調（臺灣民意基金會）顯示近七成人支持蔡英文和蘇貞昌內閣的施政，衛生福利部長陳時中所領導的防疫中心得分更超過八十，這些民調評分，對香港一眾高官首長來說是天文數字。

在具體的防疫措施中，口罩供應短缺是全球問題，無能的官員會選擇積極不干預、自由放任，有能的官員就會想辦法控制供應和需求。臺灣在疫症爆發初期就定下一系列措施，限制口罩出口、引入實名制限價限購、提供實時供應地圖等等。暫且不管政治正確不正確，臺灣媒體說他們有厲害的「口罩國家隊」，幾名政府部長官員，從口罩生產到發售都發揮作用，令到臺灣人在抗疫初期成為世界上罕有地（比較）不愁沒口罩用的一群，「口罩隊」功不可沒。

當疫症爆發初期，林鄭月娥因為整個香港都買不到口罩的時候，她說什麼「（政府官員如不符準則）不准戴口罩、戴了也要除下來」的時候，臺灣二月初就推出口罩實名制，拿著健保卡就可親身到藥局購買，每七天買兩個口罩，一個口罩新臺幣五元。

讀政治學又好，讀經濟學又好，政府本來的角色就是要提供公共物品（public goods），像燈塔、像國防，並在市場失靈的時候介入。偏偏香港政府比市場失靈之前更早失靈（更要命的是失靈了，政府首長官員十多個人，每月仍然領近二千四百萬新臺幣人工）。沒多久，臺灣政府推出「實名制2.0」，即可以在網上完成購買程序，繼續一星期兩個口罩，但可以先付款、選定便利店（超商），不用再排隊購買。

而以上口罩政策，多少可歸功唐鳳。天才IT大臣先是處理好網購系統，又促成實時口罩供應地圖，唐鳳說這些都不是她一人功勞，但臺灣人明白當中一定有唐鳳的功勞。我貪玩試試實時口罩供應地圖，看看如果仍然住在以前臺北古亭附近，我應該去哪間藥局買口罩。按寫稿的時候來看，最近的、街口轉角的那家「古亭健康人生藥局」已經賣完，要走遠一點到「吉成藥局」才能買到。那家藥局在完稿時還剩下一百五十一個成人口罩、四百一十一個孩童口罩。

唐鳳很聰明，據說IQ一八〇，因為太過聰明，所以常規學校不太能照顧她的需要。她十三歲就離開學校，到現在也沒有「國中畢業」，但沒有上學不等於沒有學習，她自學電腦知識，也大量閱讀。雖然她說，所謂的「一八〇」指的其實只是身高，因為成人的智力超過一六〇之後其實就測不出來。最近看到有人寫文章，拿香港創科局長楊偉雄（二〇一二〇年卸任）跟唐鳳比較，一個自稱見過Steve Jobs，一個曾為Steve Jobs打工，又怎能比較？啊，差點忘記了，兩人都是主管政府創科工作的官員，所以這個「臺港」比較是多麼貼切又多麼的優勝劣敗。只是不知何時開始，臺灣和香港的距離，變得如此巨大、大到比較一下也覺得羞愧。

話說回來，香港政府裡面不也是有個高官據說IQ有一六〇嗎？香港的勞工及福利局局長羅致光IQ很高，連樣子都有點像霍金的，或許可以跟唐鳳一較高下了吧。聰明的人，很多時候我們一般人都不能理解、不會明白，畢竟層次不一樣。不信的話，到YouTube看看《博恩夜夜秀》，最後一集的嘉賓就是唐鳳，你看她說的內容，我們聽起來總是覺得似懂非懂，像她說「就算是在玉山北峰接近四千公尺的地方，還是可以10 mega bits 1 per second、用4G還是可以四九九（新臺幣）吃到飽，還是可以開直播」，我們普通人一不留神就聽到一頭霧水。

不過，我們普通人不明白、不理解也沒有關係，像這些聰明的人進入政府，看政績就可以了。唐鳳在進入政府之前，寫很多程式（又稱「黑客松」hackathon，不分晝夜寫程式編碼）、活躍於「g0v零時政府」（一群程式設計師於二〇一二年底發起的臺灣線上社群），都是我們一般人不太能理解的往績。進入政府之後，一次疫症看到唐鳳的功力，臺灣人也能受惠於她的聰明。

那麼我們香港的代表羅致光呢？他驚世地想到、而且做到：成功創下二十二天不戴口罩紀錄，他說此舉是要「間接將口罩留給有需要人士」。原來天才與白癡的距離真是如此的近。（註：香港一個局長的月薪超過三十萬港元，即約一百二十萬新臺幣；而臺灣政務委員月薪為十九萬元新臺幣，約五萬港元。）

說臺灣政治，特別是談蔡英文政府民望高漲，很難不歸功於民主制度。無論是民選總統，抑或進入內閣出任官員，就必須有所作為，因為從政的人永遠時刻受到監督，無論是在野黨抑或親在野黨的傳媒都時刻虎視眈眈。你可能說，那麼香港也有很多人鬧政府啊，不是同樣受到監督嗎？但問題是在民主政體如臺灣，庸庸碌碌的話，就算捱得一時，也捱不過換屆選舉，不是厚顏無恥就可以賴死不走的。政治人物要有基本的民意，臺灣人或視為理所當然，但對香港人來說，並非如此。

唐鳳上任的時候，很多人嘩然，因為年輕，因為性別。唐鳳說，在上任的時候，在行政院人事資料上，性別欄填「無」，她是無性別的人。唐鳳在二十五歲之前，本來名為「唐宗漢」，但她說「不管現在、過去或未來，我很樂意大家用女性的名詞來稱呼我」，所以改名聽起來看起來都較中性的「唐鳳」。她說，她沒有做變性手術，對她而言，性別應該超越男女，就像種族不只是黑白一樣。

「十年前人人想要多啦A夢，十年後人人想要唐鳳」，我在網上新聞看到了這句說話。聽起來很爛，但可能是很多國家、很多政府、很多人民的心聲。像唐鳳這麼特別聰明的人，願意進入政府，而且可以進入政府，本來就不容易。

入政府內閣沒多久，唐鳳接受訪問，說最初以為政府官員都是不肯承擔風險，但她後來發現事實並非如此，公務人員還是勇於創新。三十三歲就決定退休，然後立志服務社會，能夠進入政府，其實反過來說至少也要有政府願意委以重任，才能讓她發揮所長。因此不論是當時的行政院長林全，還是後來的賴清德、蘇貞昌，以至是蔡英文這些政治人物，能夠吸納、留住這樣的人才，並委任「全球第一位跨性別官員」，也一樣值得稱頌。所以，想有一個唐鳳之前，可能先要問，究竟有沒有一個可以容納到唐鳳的政府？

消失的臺灣

「臺灣」兩個字在香港成為敏感詞，有機會「違反一個中國原則」。我研究臺灣政治，專門談臺灣的政黨政治，忽然間也覺得身陷水深火熱，免於恐懼的自由真的離我們愈來愈遠了。那就暫且不談臺灣政治，談臺灣旅行應該可以吧。說喜歡去臺北旅遊，多過去臺山旅遊的話，應該不算違反一個中國原則？

以前去臺北，常常都去東區忠孝敦化的一帶，橫街窄巷上的都是小店，轉角還有不花巧的黃巾珍珠奶茶、流動小販三姨婆（還是四姨婆？）滷味，這些都是每次去臺北行禮如儀要去的地方之一二。有些旅行是為了迷路的探險和驚喜，有些旅行是為了不斷的舊地重遊，確認自己心裡面還有一些地方沒有改變。

近年東區的經濟轉差，不少店都關門了，V在網上看到敦化的照片，說幾間她喜歡去的時裝店都結業了，或許在下次再去臺北的時候，忠孝敦化都變得不一樣。雖然可惜，不過只要仍然可以一起在小巷穿梭就很好。比起時裝店，沒辦法趕在誠品敦南店熄燈前再去一次好好道別，更是遺憾。

二十四小時營業的敦南店，有哪個來臺北旅行的香港人沒有半夜特地去逛書店？我常常覺得，每逢午夜之後，敦南店就改由香港人「睇場」，因為那時候在書店聽到廣東話的機率比國語還要高。不知道是否到了晚上，放鬆了精神，每次夜遊敦南店，買書也總是買得特別兇狠。現在關燈，看來只可隔空告別，無緣親身送別。

說起誠品書店，不知你們有沒有留意書店收銀處附近，總會放一枚印章給遊客蓋印留念。這蓋印章的玩意，其實源於日本，在日治臺灣時期就傳入，這殖民痕跡一直流傳到今天。最近翻了幾年前出版的《一個木匠和他的臺灣博覽會》（麥田出版），大概也是某個半夜在敦南店買下的書。這本書設計得很特別（就連想在封面找出書名也不容易，書腰大大隻字寫著「祝臺博」，我一直都誤以為是書名），其實就是一本當年博覽會的蓋印集。

一九三五年，臺北舉行臺灣博覽會，官方和民間商店都造了印章，讓人收集。這本書的印章，由當時一位木匠楊雲源走遍不同角落收集。楊當時三十多歲，拿著一本集印簿周圍蓋印，一共蓋了三百多幾個，真是狂熱。當時候，無論是藥房抑或餐廳，文具店或酒店，各自都設計印章，而這書的作者陳柔縉就將不同印章的商店，加了詳細的背景介紹，重構一九三〇年代的臺北街貌，非常有趣。

§

作家陳柔縉是優秀的作者，寫歷史非常到家，可惜二〇二一年底遇上意外離世，令人傷感。她寫的《宮前町九十番地》，也是好書。在《宮前町九十番地》的封面，是個俊俏的男子，穿西裝、叼雪茄，直視著鏡頭、一雙好像可以看穿心思的眼神。他是張超英。即使未聽過這個名字、而書名也沒提供什麼線索，單是這張照片，已令人忍不住跟他對望，想認識他，想知道多點關於他的故事。書裡有關張超英和他家人的故事，跟照片一樣好看。

張超英貴族出身，一九三三年生在東京，一看照片就看出富家子弟的氣派和修養，裝不來也藏不住。張家從其祖父——張聰明一代開始發跡，人如其名，聰明地看通先機，日占臺灣沒多久，張聰明就跑去學日文，成為早期少數可以跟日本人溝通的臺灣人。後來做煤炭生意，也和日本商人打好關係，成為臺灣本省人的大家族，在商界和政界都有重要地位。張聰明的兒子張月澄、亦即張超英的父親，已有「無限制的經濟支援」，所以立志做文人，寫書辦報、搞社會運動，立足臺灣、撐中反日，試過給日本政府通緝，拘留了兩年。

張家當年的大宅，位處日治時期稱為「宮前町九十番地」一帶（今天的中山北路二段），戰前曾經近乎免費地租予中華民國政府，做駐臺北總領事館，戰後今天依然是臺北重要地段。國共內戰之後，國民黨退守臺灣，張家眼見國民政府時日無多，就將資產賣掉、舉家移居香港，而張超英也到香港讀高中。

說張超英的故事之前，先說張家二代張月澄。張月澄反日，在國民黨來臺灣之前，對祖國中國充滿幻想和熱愛，肯定臺灣是中國的一部分，甚至覺得國民政府已經忘記臺灣，想有更多人支持臺灣脫離殖民統治，早日回到中國懷抱，所以張月澄辦的雜誌，也叫《勿忘臺灣》。二戰之後，國民政府接管臺灣，臺灣人失望的不再是因為國民政府忘記臺灣，而是目睹國民政府貪汙腐敗，遠不如以往日治時期的井井有條，失望很快變成不滿，最後發生衝突，以悲劇收場，也就是一九四七年所發生的「二二八事件」。

最不滿國民政府的人，是本省人精英，這些人也成為國民政府的頭號眼中釘、要將之往死裡打，張月澄是其中一人，也給捉走了。張聰明用盡所有人脈，成功救回兒子、免受死刑。但張月澄的幸運，就如大部分的幸運一樣，只得極少數人可擁有。一代臺灣本省人的精英分子，像張月澄一樣留住生命的，沒有幾個。國民黨的殘暴，就是要趕盡殺絕，而留下來的人，縱已不成氣候，也不可怒、不可言。

目睹這一切的張超英，在書裡說：「二二八的影響確如一般所說，臺灣的精英階層頓時噤若寒蟬，心態上混合了恐懼、絕望和不屑，瞬間從公共事物的領域退縮……拿父親來說，祖父只有他一個兒子，日治時代為了抗日，參加中國革命運動，坐了兩年牢獄。國民政府來，卻差一點喪命，他的夢、他的希望，完全的破滅。」恐懼和絕望，一生伴隨著留下來的張月澄，痛苦不堪言。當天在生命和理想同時終結之際，生命給救了回來，但再無理想，這樣的人生究竟是幸運、還是不幸？

§

《宮前町九十番地》除了寫張超英的家世，還寫他的外交生涯。張超英在明治大學畢業、回臺灣之後，就進到政府在新聞局工作，雖說是新聞局，但實際上要處理的很多時候都是對外聯絡、招待外賓，張超英也開始了他大半生的外交工作。

張超英在政府工作之初，中華民國仍然跟美國有邦交、是聯合國成員，張超英進新聞局後沒多久，就要處理艾森豪．威爾訪問臺灣的大事，站在機場迎接，看到美國總統步出飛機大門，更看到外交工作是什麼一回事：「我發現美國人計劃的行程表做得非常仔細，每個行程都細膩到幾點幾分幾秒的地步。」見過大場面，也訓練了張超英的政治手腕，日後大派用場。

張超英先後派駐紐約和東京，都在當地的新聞處工作，官位不大，卻始終發揮作用，像作家劉黎兒在書的序裡說，張超英總是「在沒有舞臺的地方創造出舞臺來」，而這個舞臺，就是政治的舞臺。政治每日都在運作，政治可以黑暗腐敗，同樣可以亮麗精彩，當中視乎握有權力的人、那些政治人物，是否用心經營政治。有人天生是政治人材，就如德國社會學家韋伯（Max Weber）所說那些以「政治作為一種志業」的人，有著熱誠、責任感和判斷力，張超英就是這種人物。

他在派駐日本之後，做的依然是新聞聯絡。以往在日本，有關臺灣新聞的發布，只有《產經新聞》關注和報導，但日本的三大報紙是《朝日》、《讀賣》和《每日》，這也意味著臺灣新聞進不到日本的主流媒體。大報從不關注臺灣新聞，一來是當中幾份有親中立場，二來臺灣當局也懶於嘗試改變現狀。張超英上任之後，著力跟大報紙的高層打好關係，最後將一道又一道的圍牆推倒，令臺灣出現在《讀賣》和《朝日》之上。

另一例子，則是一九八四年宋楚瑜做新聞局長期間到日本訪問，在高爾夫球場裡「偶遇」當時的日本首相中曾根康弘。那時的臺灣早已是外交孤兒，日本首相根本就不可能見臺灣的政治人物。那時宋楚瑜開始得勢，向張超英拋下重大任務、請他找機會安排跟首相碰面，張超英也真的安排到兩人在高球場「第九洞」附近的茶室「偶遇」，拍了照片，也聊了半個小時。

在《宮前町九十番地》裡的外交故事，都是一些張超英扭盡六壬換來的政治成果；但讀此書，你會發現這個富家子弟出身的公子哥兒，並不是為了權力或上位而努力，他是單純地為著政治理想、為著他所屬的土地，帶來一點正面的結果，促成一些幾近不可能的任務。即使沒有帶來天翻地覆，但張超英努力用心經營政治，跟他看到同樣曾經對政治抱有熱誠的父親、在逃過二二八的劫難之後「對生命的熱誠摯意消褪殆盡，他的餘生從此在孤島的書房度過，不再與外界接觸，也不與家人多說一句話，過著自我封閉的日子」，是很大的對比。而張超英的不懈，壓根兒的動力，或許就是為了父親而做。

臺灣與世衛

因為一場世紀大瘟疫，臺灣終於不再因為兩岸危機而登上國際新聞，更多人談及臺灣和世衛的關係（當然，這其實都離不開兩岸關係）。先是二〇二〇《經濟學人》三月號在分析亞洲政治的棕櫚樹專欄（Banyan）中，寫臺灣已經準備就緒加入世衛，並形容世衛排拒臺灣的做法是「瘋狂」（the craziness of its exclusion from the WHO）；接下來在香港電臺英文節目The Pulse中，訪問世衛助理總幹事艾爾沃德（Bruce Aylward），問及臺灣的成員資格和評價世衛工作，艾爾沃德無情（兼尷尬）斷線；再後來，世衛總幹事譚德塞終於公開談及臺灣，卻跟防疫無關，而是指控臺灣政府與臺灣人對他人身攻擊，是種族歧視，事情發展絕對是高潮迭起，幾乎可怕成Netflix新劇。

先談《經濟學人》的文章，講臺灣為何應該加入世衛，世衛不讓臺灣加入世衛是「離線」決定。作者說，臺灣能夠有效控制疫情，歸功於政府對疫症的快速反應，在一月初、疫情爆發的最初階段，就啟動成立跨部門的中央流行疫情指揮中心，並由衛生福利部長陳時中擔任總指揮，臺灣人要「順時中」這說法也因此而起。文章說「臺灣政府似乎知道他們正在做什麼」（Taiwanese officials seem to know what they are doing），這在世界各地政府手足無措之際是非常難得。

在臺灣政府內閣，副總統陳建仁（直至二〇二〇年五月二十日卸任）是流行病研究的專家，在SARS的時候出任衛生署長對抗疫情；聯同即將接任副總統的賴清德、現任行政院副院長陳其邁也同樣是醫師出身。在牌面上，這樣的政府陣容，看起來有不低的抗疫能力，或至少有足夠的醫學常識對抗疫症。

文章又說，有賴國民黨獨裁政權時建設，並且遺留下來的完善地方鄰里網路，對實施隔離政策很有幫助；同時臺灣政府在科技應用上（早前就介紹過政府內閣裡面的IT天才唐鳳），有效運用大數據監察疫症的傳播之餘，又打擊假新聞。棕櫚樹專欄的作者說，臺灣政府使用大數據，最難能可貴的是得到臺灣人民的信任和支持，證明了臺灣政府的公信力。最近大陸下架大熱的遊戲《動物之森》（又名《集合啦！動物森友會》），臺灣行政院長蘇貞昌立即在網上發文，說「臺灣不會查禁這種撿樹枝、種大頭菜的遊戲，請玩家放心惡搞政府」，「抽水」到位的程度近乎見血，單純比拚政府是否開放透明，高下立見。

其實，除了《經濟學人》說世衛應該讓臺灣政府加入之外，學術期刊《臺灣研究國際學刊》（*The International Journal of Taiwan Studies*）在二〇二〇年發表的其中一期，碰巧也以臺灣和世衛作為主題，當中有一系列文章分析臺灣與世衛的關係，有從公共外交切入，談及臺灣如何訴諸道德和同情心，以求加入世衛、獲得世界認同。

該期期刊另外也有一篇文章，題為「Taiwan and the World Health Assembly／World Health Organization: Perspectives from Health Service and Research」，作者是來自臺灣、英國華威大學醫學系副教授陳彥甫。陳彥甫在文章說，世衛排拒臺灣是雙輸局面，臺灣不能夠以會員身分獲得世衛的第一手資訊，特別在疫症爆發的時候，沒法更有效抗疫；另一方面，臺灣在醫療發展其實非常進步，但沒法參與世衛，反過來是令到臺灣沒法幫助其他國家、分享經驗。

臺灣的醫療優勢，陳彥甫說可見於幾個面向，包括一九九五年引入的全民健康保險，涵蓋百分之九十九點九的臺灣人，在不少國家想發展全民健保的時候，都會參考臺灣的成功。臺灣的全民健保，亦是《經濟學人》所指政府有效運用大數據的關鍵，因著健保計畫的落實，得以建立全民健保資料庫，是世界上其中一個最大型的人民健康資料庫。除了健保計畫外，陳彥甫認為臺灣的中醫藥發展、對抗乙型肝炎的成功經驗等，都可以對世衛有很大貢獻，但卻因為政治原因，而令到臺灣失去參與世衛的機會。

香港電臺記者問世衛有關臺灣的會員資格，以及對臺灣抗疫表現的評價，香港政府竟然覺得自家的香港電臺違反了「一個中國」原則。不少學者朋友都已經指出，世衛會員本身也不一定需要是「主權國家」，而參與世衛更不一定需要「會員身分」，只是不學無術的香港政府高官不知廉恥，亂扣香港電臺的帽子。事實上，臺灣並非沒有參加過世衛，不必說一九七二年之前一直以會員身分出席世衛大會，從二〇〇九年至二〇一六年、馬英九在任期間，臺灣也一直獲邀以「觀察員」身分、用「中華臺北」的名義，參與世界衛生大會（World Health Assembly）。以二〇一六年最後一次參與大會為例，當時帶團的衛生福利部長林奏延，就在世衛大會期間發表了有關臺灣全民健保經驗的演說。

如果臺灣在二〇〇九年至二〇一六年都曾經參與世衛，在疫症蔓延全球之際、在生與死的時刻，為何臺灣卻完全給排拒在體制之外？就連「中華臺北」「觀察員」身分也容不下？當我們去看世衛的組織法，上面寫著：「享受最高而能獲致之健康標準，為人人基本權利之一。不因種族、宗教、政治信仰、經濟或社會情境各異，而分軒輊。」對臺灣人來說，或對世界不同的希望參考臺灣抗疫經驗的地方來說，這樣的組織法仍然大大隻字寫在世衛的簡介上，何其難看。

而更諷刺的是，當艾爾沃德回應香港電臺記者、評價臺灣防疫工作的時候，他說：「我們已談過中國，若你看中國各地區，其實亦做得很好。」在抗疫上，臺灣政府的成功就是中國政府的成功。幾天之後，譚德塞說他受到歧視，在沒證據下、指控臺灣外交部有份攻擊他，這個時候就是「臺灣外交部」，為什麼不是中國外交部？講兩岸關係就要講「九二共識」，就要講「一個中國，各自表述」（發明「九二共識」的蘇起，詳細寫過One China, Respective Interpretations（OCRI）的歷史來龍去脈）。世衛的兩次表態，完美示範「一個中國，兩種表述」，成功就要歸於中華人民共和國，是中華民族偉大復興；而亂扣的帽子，就要扣準在臺灣身上。譚德塞在二〇二〇年，發明了「新型OCRI」，取代蘇起成為兩岸專家。

顯然，說香港電臺違反「一個中國」的人，既不懂得世衛的組成，也不懂得臺灣沒多久前仍然有份參與世衛，更不懂得一個中國、九二共識、一中各表等等實際是什麼。但無論如何，像《經濟學人》、陳彥甫一樣，我覺得世衛需要臺灣，臺灣也需要世衛，哪怕只是觀察員的身分，這才是做到世衛宗旨「不因政治信仰，而分軒輊」。而且不止是《經濟學人》、陳彥甫和很多人覺得，就連香港的陳馮富珍也一定同樣如此認為。因為臺灣以觀察員參與世界衛生大會的時候，當時的世衛總幹事，就是陳馮富珍。大疫當前，仍以政治凌駕一切，實在令人失望。

臺灣民主先生死了，但臺灣民主沒有

二〇二〇年七月三十日，臺灣前總統李登輝逝世，終年九十七歲；同一天，香港十二名立法會選舉參選人被裁定提名無效，不獲參選資格。這一天，臺灣「民主先生」壽終正寢，隔岸香港則是連僅有的一點民主也宣告死亡。兩個地方，兩單新聞，都是有關民主的死亡，並排放在一起，難免唏噓。啊，對了，我們不要忘記：香港實行了二十三年的一國兩制，本來是設計給臺灣的，香港只是用來作示範。你說香港這二十三年，示範了什麼？

李登輝的死，令人回想到了臺灣民主的誕生。李登輝的其他幾個「名字」，除了阿輝伯、岩里政男之外，還有民主之父、華人社會首個民選元首等等。

在李登輝治下，代表臺灣的海基會和代表大陸的海協會，一九九二年在香港舉行會談，當中達成「一個中國、各自表述」，這對一個中國沒有共識的「九二共識」，一直成為兩岸關係和平發展的基礎。但在這個「沒有共識的共識」達成後沒多久，一九九四年三月發生了「千島湖事件」，二十四名臺灣遊客，在杭州的千島湖搭觀光船，孰料在船上遭放火劫殺，震驚世界，兩岸關係也陷入低點。

到了一九九四年，李登輝外訪中南美洲和非洲，中途在美國夏威夷過境停留，當時美國為怕得罪中國，不准李登輝在境內過夜，李登輝拒絕下飛機，並且刻意只穿優閒服，在機上接見美國在臺協會的理事主席，以作抗議。美國不少政客批評白宮做法不妥，間接促成一年之後、李登輝以「私人名義」訪美，並在他取得博士學位的母校康奈爾大學發表演說。針對這次「私人出訪」，中國的回應是在臺海試射飛彈，演習海上攻防。不過這些飛彈似乎沒有嚇怕臺灣人、收伏李登輝，因為臺灣人在一九九六年舉行的第一次總統直選中，李登輝高票當選，繼續擔任總統。以後，李登輝也發表了「戒急用忍」、「兩國論」等主張，為兩岸關係帶來波浪。

相比起兩岸關係，李登輝對臺灣更重要的貢獻，是為臺灣帶來民主選舉。研究臺灣的民主化，其中一個重要課題，是找出什麼原因促成臺灣民主化的成功，而當中又分成兩大派系：一是「由下而上」地推動民主化，即公民社會的興起和黨外運動持續地抗爭，對獨裁政權構成壓力。公民社會的力量，除了民進黨前身的黨外運動，還包括長老教教會的力量，長時間反對國民黨的統治。這論點的支持者，包括早前寫《臺灣最好的時刻》的中研院社會學學者吳乃德教授。

解釋臺灣民主化成功的另一派系——就是認為政權成功轉型，全賴一種「由上而下」所帶動的觀點。對於這觀點，我以前曾提過一篇重要的論文，題為The Strength to Concede: Ruling Parties and Democratization in Developmental Asia，由多倫多大學政治學教授Joseph Wong和密歇根大學政治學教授Dan Slater 共同撰寫，刊在學術期刊*Perspectives on Politics*之上。

文章講的就是蔣經國當年在面對國際環境的轉變（中美建交）、黨外運動興起等挑戰下，決定改變臺灣政治體制、開展民主化，使國民黨得以從過往獨裁者的身分，轉型成為民主化的推手。通過民主選舉繼續執政，一直維持政權至二〇〇〇年。後來在哈佛大學政治學教授薛比勒（Daniel Ziblatt）的著作*Conservative Parties and the Birth of Democracy*中也有重點引用。有趣的地方，是在這學術派系的解釋中，促成由上而下民主化的人，都喜歡強調蔣經國的角色。但實際上，帶領臺灣民主化成功的人、或是臺灣人說法「走完民主化最後一里路」的人，是李登輝而不是蔣經國。

李登輝擔任總統期間，將民主化的相關內容一步一步地落實。特別是一九九〇年這一年，臺灣先後發生了國民黨黨內鬥爭，以及臺灣第一次大型學運——野百合運動，李登輝成功化險為夷，也令臺灣民主化得以落實。

所謂國民黨的鬥爭，發生於以李登輝為首、由本省人主導的「主流派」，以及由林洋港、郝柏村等本省保守派及外省人主導的「非主流派」。簡單說：林洋港等人想發動國民黨黨內勢力，拉李登輝下臺，但最後李登輝守住了攻勢，並且在一九九〇年六月委任郝柏村做行政院院長，換取郝柏村交出軍權，李登輝成為總統及三軍統帥。非主流派的勢力也逐步瓦解，後來分裂成新黨。

相比起國民黨黨爭，同年發生的野百合運動能夠和平結束，更見李登輝的重要。一九九〇年三月十六日，有上千學生聚集在今天的自由廣場（以前為中正紀念堂廣場）靜座，要求解散國會、開放民主選舉等。廣場、學生、集會、民主，這在在都令人想起大半年前發生在北京天安門廣場的學生運動，以及在當年六月四日發生的血腥結局。

李登輝在運動第六天的時候，接見五十三名學生代表，並向學生承諾：將會召開國是會議，推動民主憲政。三個月後，國民黨和在野的民進黨，於圓山飯店召開國是會議，決定終止《動員戡亂時期臨時條款》、國會定期改選，「萬年國會」也來到終結一日。會中也達成「總統應由全體公民選舉產生」的共識，一九九四年七月的國民大會，決定人民直選總統。臺灣民主化的過程，終於在制度上真正落實，全面普選。

現在是民進黨不分區立委的范雲，當時是野百合學運的學生代表，她在李登輝離世後這樣寫道：「沒想到李總統看到大家時，看起來相當親切。比起同時在場的副總統李元簇，發言就是一副教訓學生的模樣，當年的李總統可以說是很努力用他的高亢話語，希望說服學生要相信他也是有心要改革，甚至還說，他年輕時也和我們一樣……第二次見到李登輝總統應該是一九九二年。野百合運動的兩年後……我代表公民團體一同在出國前被李總統接見，他一見到我時，就說：『范雲，你還記得我嗎？』讓所有人都笑了。」

這兩天，很多人都在網上轉發一九九六年的一期《新聞周刊》，封面是李登輝的大頭，題為Mr. Democracy。李登輝在二〇一五年出版的《新臺灣的主張》這樣寫：「我，李登輝，希望一直到臨終瞬間，都不會怨恨任何人，能夠像牛一樣，亦步亦趨地守護國土，順乎民之所欲，為了我所熱愛的臺灣一直工作下去。」

這樣的說話，說出來不難，很多政治人物都會說這樣的話，難是難在說話的人，在去世以後，別人如何看待他或她一生的功和過，會用什麼說話作總結。有人會是民主先生，有人會是暴政先生，歷史自有判決。

臺灣，會打仗嗎？

在二〇二一年五月一日出版的一期《經濟學人》，以臺灣作為封面故事，題為「全球最危險的地方」（The most dangerous place on Earth），探討海峽兩岸正處於危險的時候。在中美關係繼續緊張、民進黨在臺灣執政、中共迎來一百周年的時代背景之下，兩岸會否開戰、臺灣是否即將成為戰場，成為全世界都在問的一個問題。

在《經濟學人》的封面，形狀如番薯的臺灣位處中間，而在臺灣左邊有中國國旗，右邊則有美國國旗。成為全球最危險的地方，不止是因為有可能會打仗，光是打仗不足以成為最危險的地方。畢竟戰火在地球上從未絕跡，像敘利亞的內戰就一直未有結束，而最近以巴又再衝突。臺灣之所以是「最危險」，在於可能開戰對決的國家，牽涉現今世界的兩強——中國和美國。

當然，早在《經濟學人》將這個故事放在封面之前，臺灣的危險就已經存在。自一九四九以後，兩岸關係起起伏伏，從初時針鋒相對互喊口號，左一句「解放臺灣」、右一句「反攻大陸」；同一時間，在臺灣的外島——金門、馬祖爆發炮戰，一直持續至一九七一年中美建交。

隨著時間過去，兩岸都逐漸減少了以往那種赤裸又直接的政治口號，雖未至於和平修好，但至少發展出過去二、三十年來，大家都接受了的「維持現狀」。一九八〇年代，中共設計出劃時代的「一國兩制」，原本就是希望用在臺灣身上。從政治意義上，一國兩制的精要，在於維持原有制度的不變，這意味著中共對臺灣的態度的轉變，不再是以往的「解放」了。當然，去到二十世紀末，兩岸關係又傳來炮火硝煙的味道，在李登輝一九九五年訪美之後，在一九九六年臺灣首次總統大選的前後，中共向臺灣外海試射飛彈，並軍事演習，以教訓對臺灣「民之所欲，長在我心」的李登輝。演習的結果，是李登輝在選舉中大勝，取得過半數的選票連任臺灣總統。同一時間，美國派遣航母到臺海附近，九五、九六年的飛彈危機也因此而落幕。

到了二〇〇〇年以後，經過陳水扁和馬英九各自先後的八年執政，兩岸關係在維持原狀之下，走過高高低低，兩岸都保持和平，直至近年中美處處對碰，特別是以美國為首的西方國家，以近乎每天都搬起石頭砸自己的腳的情況下，在經濟上、政治上等方方面面的議題都與中共對抗，令人擔心到海峽兩岸最終會否成為雙方軍事角力的戰場。

回到《經濟學人》的文章，說臺灣是最危險的地方，當然旨在說明戰爭一觸即發的可能，當中最主要的原因，是中共在軍事上已準備就緒。即使整體上，單純中美軍事力量的比較，仍然以美國為優勝，但考慮到美國如果真的在兩岸開戰的時候參一腿，美國是越洋參戰，而且並不可能全力投入，實力必然打折扣；相比起近乎主場作戰的中國，《經濟學人》因此認為：在臺海開戰的話，中國比美國更有勝算（in the context of Taiwan, the balance of military power between China and America has swung in China's direction）。

以上論點的假設，在於兩岸一旦爆發軍事衝突，美國將會參戰。臺灣前總統馬英九去年曾經說「首戰即終戰」，意思是臺灣面對中國，即使美國願意派兵援助，前提也需要臺灣守得住一段時間，才能等到美國的來臨。馬英九認為，在中國面前，臺灣的力量不足以守到美軍到來。因此，當兩岸開戰，在這個「全球最危險的地方」爆發戰爭的結果，背後其實牽涉到更深層的：一、臺灣是否守得住等到美軍到來；二、美國是否真的會參戰，並且全力護臺這兩大問題。

當分析到兩岸關係的時候，無論從該期《經濟學人》的討論，抑或是其他的分析，重點都放在中美的角力，忽略了臺灣本身的角色。在兩岸關係中，美國從來都扮演至關重要的角色，一直以來都是兩邊通吃、遊走於兩岸之間，一方面和中國簽了「中美三個聯合公報」（Three Joint Communiqués），另一方面和臺灣也有《臺灣關係法》

（Taiwan Relations Act）。但隨著中美關係愈見交惡，美國自然在兩岸關係上也站在北京的對面。

但戰爭最終會否爆發，還是配合老生常談到不得了的天時地利人和。雖然臺灣的局勢看起來只像中美對抗的戰場之一，不過對於臺灣來說，除了提供「地利」之外，由以臺獨作為黨綱的民進黨執政、蔡英文對「九二共識」的不承認，都自動成為了兩岸關係破裂的原因。就像中國近日再三表明臺灣不能參與世界衛生大會的立場一樣，都是因為民進黨，都是因為蔡英文。

我最近在香港中文大學中國文化研究所的《二十一世紀》，寫了近萬字、題為〈從川普時代到後川普時代：兩岸、美臺關係的嬗變〉的文章，重點討論拜登政府對兩岸關係帶來什麼轉變，讀者如有興趣，全文可在網上讀到。但在該文章裡面，其中談到兩岸關係的悖論，在於北京政府愈是加強壓力，包括國際空間的收窄和圍堵、派遣軍機在臺海不斷巡航，愈是增加臺灣人對北京的抗拒（早從上面提到一九九六年第一次的總統選舉就已經如此）。抗拒北京，臺灣人最簡單的做法就是通過選舉表達出來，支持民進黨，這意味著民進黨更需要顯示出明確對抗北京的立場，不負選民的支持。從這意義上，兩岸關係只會走進死局，而死局的意思就是爆發戰爭的機會只會提升。

回到「兩岸會否發生戰爭」這問題上，中美關係在拜登上任之後不見好轉、蔡英文政府不會接受「九二共識」，而中共在時值一百周年和「實現中華民族偉大復興的中國夢」之下，處理臺灣問題的決心自然毋庸置疑，從這三方面綜合而言，兩岸局勢只會愈來愈緊張，問題是，是否緊張到最終擦槍走火釀成戰爭、帶來不可估量的傷害。

旅美學者、國際關係的專家黎蝸藤在網上發了個短的帖文，回應《經濟學人》的文章，提出了一些想法。黎如此寫道：「臺灣外島『才是全世界最危險的地方』」，並認為需要探討臺灣外島的地位。臺灣外島，包括金門、馬祖等海島，黎蝸藤說：相比起臺灣本島，這些外島更危險、更有機會成為衝突的場地。歷史上，兩岸的軍事衝突也曾經在這些外島發生過。

話雖如此，兩岸至今仍然和平，很大程度仍因為戰爭本身的不確定性，以及對任何一方都必然構成傷害的影響，都是軍事衝突的最大緩衝。在同一期的《經濟學人》，其中一篇文章提到台積電的角色，這家位處臺灣、全球頂尖的晶片製造商，成為了全世界經濟、科技的重心，這不可替代的重要性，或多或少成為兩岸關係僅有的降溫劑。

但無論如何，如果要總結解答「臺灣，會打仗嗎？」這問題，現在的兩岸關係，無可否認是到了近數十年來最危險的時刻。至於這個時刻，和戰爭的距離有多少，就在乎於當今世界上政治領袖們的氣度、氣量有多少了。

III

失序的世界

在瘟疫蔓延時

抗疫數年，幾近麻木，也開始弄不清時間發展，記不起什麼時候開始這種「新常態」。但記得疫症初期，一切停擺，人人束手無措。這個時候，反而多了時間空間，多讀書、多看戲。其中讀到馬奎斯的小說《愛在瘟疫蔓延時》，主角烏爾比諾醫生在面對霍亂爆發的時候，說了一句話，令人深刻，「『這座城市真是雄偉。』他說。『四百年來，我們一直在摧毀它，卻還沒如願。』然而，離這願望的實現也不遠了……」

如果要列一個抗疫的「盲搶清單」，除口罩、洗手液、消毒酒精、廁紙、米等等當然穩占頭五，但往下再數，我懷疑這本《愛在瘟疫蔓延時》也會赫然在列。一場疫症，全世界都呆在家裡，看新聞看到疫症的蔓延肆虐，政府的無能為力，除了感到絕望，還能有其他感覺嗎？一整天煲劇、打機，麻醉自己，消磨時間（也有人選擇行山「打卡」，展現自己身體上哪個器官發達、哪個器官有缺陷[7]），但就算Netflix不會播盡，坐在Netflix前的你，也會有一刻頭昏腦脹。就在這個時候，你想找一點別的事去消磨時間，你不是因此想起可以閱讀，而是想起了最近不知在哪裡看到過「愛在瘟疫蔓延時」這書名，這幾字在你心裡縈繞不去。

疫症當前，不知還要在家待到何時何月，所以下定決心買一本跟疫症相關的書回來「應節」。即使最後還是會把時間投放在Netflix之上，至少在買了書的那一刻，可以順著難得出門之勢、去喝杯咖啡，然後把書放在咖啡杯旁邊，拍照「打卡」然後上傳IG，再寫一個「#愛。在瘟疫蔓延時」的標籤。寫這帖文的時候，一定覺得，加了這個沒有來由的句號，實在是神來之筆，好像很有品味。就是這樣，馬奎斯在一九八五年所寫的這本小說，跟口罩、消毒酒精等抗疫產品一樣，逆市造好，但這些新的讀者，卻似乎搞不清楚馬奎斯原來不是姓馬……

好了，以上當然是我幻想出來，不過，《愛在瘟疫蔓延時》的確忽然成為很暢銷的暢銷書，如果你真的買了這本小說，或正準備上演一次以上的劇本，我也鼓勵你把小說好好讀完。為什麼？因為馬奎斯所寫的，其實是「亂世下我們可以如何活下去」這命題。

現實也好、小說也好，天災人禍每天都發生（就像小說裡面有內戰和瘟疫），但因為仍然繼續生存，所以日子還是要過，像小說裡面的人物就是這樣每天過活，而且一過就是五、六十年，從年輕到年老，社會沒有怎樣變好之餘而且變得更壞（就像小說裡所寫的「河輪」航道，昔日河道兩旁還有短吻鱷和海牛，在小說的最後卻都已經絕種消失，換來更多腫脹浮屍），但似乎唯一不變而且能夠繼續生存下去的關鍵，就是為了愛，可以是愛自己（就像烏爾比諾醫生），也可以是愛他／她人。

請不要誤會，馬奎斯筆下的愛，結果不一定完美，過程更永遠損手爛腳，不要以為看完小說就可以大地回春。就像烏爾比諾醫生，一輩子給予他老婆「安全、秩序、快樂，這些東西加起來，或許很像愛情，幾乎就是愛情，但其實並不是」；又像另一主角阿里薩，睡過很多的女人，足夠寫成（也真的寫成）《戀人指南》，但卻除了生命的最後一刻、已經老到不再彌堅時候，才真正嘗試過真愛。

生命太不容易了，能夠在絕望的每天帶著希望活下去已經難能可貴，讀過《愛在瘟疫蔓延時》，就明白只有為了愛，才能做到。

§

7 疫症爆發初期，大公司安排員工work from home在家工作，但有幾名香港恒生銀行的年輕員工，竟然在work from home期間偷偷約好，一起去行山，而且興之所至，在山上一起合照並放到網上向其他人分享疫下行山的快樂，最後給揭發是擅離職守。因粵音相近，恒生銀行也給取笑成為「行山銀行」。

疫症爆發初期，幾本跟瘟疫相關的文學著作大受歡迎，除了馬奎斯的《愛在瘟疫蔓延時》，還有卡繆的《鼠疫》、托馬斯．曼的《威尼斯之死》，還有一本丹尼爾．狄福的《大疫年紀事》（*A Journal of the Plague Year*）。相比其他小說，《大疫年紀事》更像報導文學，記錄一六六五年爆發的倫敦鼠疫。

而我拖延了好一段時間，都沒有在專欄介紹《大疫年紀事》，原因是心裡總希望在寫關於這書的時候，可以還原當年狄福寫書時的心情和環境一樣：就是疫症已經遠去，世界回復正常。當然，我們還在等待那一天的到臨，病毒仍然肆虐，抗疫遠未成功，明知危機並未解除，但只能無奈接受與病毒共存。

瘟疫成為生活日常，就像你每天都會記得四點半的時候有張竹君醫生[8]，但同時書店早已不再把《愛在瘟疫蔓延時》和《鼠疫》放在當眼位置。現實就是如《大疫年紀事》裡面寫的一樣：「瘟疫終於猛烈到人們靜觀坐視一切，你看我、我看你，宛如放棄了希望。」

狄福的《大疫年紀事》，一七二二年出版，距離倫敦瘟疫爆發的時候，已經超過六十年。實際上，狄福一六六〇年出生，疫症蔓延的時候也只有五歲左右，所以《紀事》裡面的所有，都是狄福後來通過研究資料所寫成。不過書裡所記載的片段，卻如現實般逼真，甚至放在差不多三百年後的今天看狄福這本書，原來日光之下真的沒有新鮮事，不管人類科技如何進步，面對世紀大疫症，可悲的結果是不可避免。讀著《紀事》，你會以為狄福寫的是當下的世界。

在《大疫年紀事》裡，其中一個有趣的地方，是狄福對當年倫敦市政府的評價，似乎不錯。像他說：「地方官茫然無措是因為他們沒能控制瘟疫，而不是沒有擔當，不肯做事。持平而論，他們既無怠惰，也沒有偷懶。但是做什麼都沒有用。」即使當年倫敦死了五分之一的人口，但市政府始終維持運作，狄福予以肯定。

疫症能夠如何完結，是很多人都在盼望但又毫無頭緒的事。疫苗是可能之一，但無論是哪種結局、哪種方法，當中都取決於政府在多大程度能夠得到人民的信任，政府能夠如何帶領、陪伴人民走出困局。有關對政府的「信心」，聽起來，可以像帶有近乎宗教般狂熱的「無條件」信心，只要政府說什麼都是有人相信；也可以是基於數據、基於科學、基於組成政府的那些政治人物本來的個人誠信多寡而決定。一般人，或者腦袋正常運作的人，應該都是後者。政府的功能，在於是否能令人得到信心，忠不忠誠其實都不重要，因為不能給予人民信心就是廢物、就是垃圾。

---

8 張竹君醫生是香港衛生防護中心傳染病處主任，角色類似臺灣的陳時中部長，疫症爆發以來，幾乎每日下午都會開記者會交代疫情。

在《經濟學人》一個有關日本三一一核災十周年的專題中，裡面談到未來能源的使用、核電是否有運作的空間等等，當中最後一段，寫到日本人在地震之後對政府的信心有什麼變化，其中一個受訪者這樣說：「This is the key problem: the loss of trust...... Trust is not a renewable resource. Once you lose it, that's it.」人民對政府的信心是non-renewable，不可再生的。政府失去了人民的信任，就代表以後都沒有人民的信任。而沒有人民信任的政府，注定做什麼都只會失敗。

§

我覺醒得遲，《進擊的巨人》只看到第二季的一半，不過正因如此我無劇可透，未看巨人的、未知結果的，可以放心把文章讀完。巨人的故事固然緊湊，開始了第一集後，就不想停下來。想知道巨人的來歷、想找出城牆的祕密，當然更重要的是想知道牆內的人能否安好。

雖然開始看了就不想停下，但看巨人的時候，心情沉重到不得了，看到心都硬了。整齣動漫所要說的，是人對命運的抵抗。沒錯，是抵抗而不是對抗，因為實力太過懸殊，談不上有勝利的可能（即使總有意想不到的情節發生，但總體來說還是苦苦抵抗著)。

從第一季的第一集、Eren親眼看著他媽媽給巨人生吞開始,命運的來襲就總是劈頭而來。不敵巨人而遭吞噬死亡,是在這場抵抗中一個最常見的結果;對能夠生存下來的人來說,這意味著這場抵抗仍未結束,同時對所有仍然生存的人來說,一切都會化成記憶,永遠陪伴。面對這樣的命運,每個人都躲不開、避不過,直至沒法再抵抗的那一刻來臨,呼吸過最後一口氣,這場抵抗才完結。

在巨人裡面,總是有一個畫面不斷重複,那就是眾人的臉上掛著絕望的表情。瞳孔放大而空洞、臉色慘白,不是單獨一個人的表情,而是在動漫裡面的每一個人都是同樣的失去希望。每次因為城牆受損、巨人入侵,又或是調查兵團完成任務、七死八傷回來的時候,都是這個畫面,也是這個抵抗命運的故事的寫照。在故事裡,牆裡的人(特別是曾經經歷過巨人來襲的人)好像都沒有希望。回到現實生活中,像巨人的人和事都太多了,而我們很渺小,渺小到不知道還有什麼可以倚靠、可以相信。法律?人權?制度?公道?又有什麼還是理所當然?有什麼是所謂牢固?

眼看瘟疫不散,一次又一次的大爆發,加速了更多的生離死別。但同一時間,世界上始終有著一種不知道從何而來的樂觀和希望,相信這場瘟疫終將會完結。無論是通過疫苗,抑或各種各樣的原因,像以往沙士一樣不脛而走;很多人始終都相信,只要捱過一段時間，生活能夠回復原來的樣子。好像沒有人說過、想過，這場瘟疫會不會成為我們的命運，變成一次不存在希望的抵抗。

我們的希望，是在於相信人類的科技總是可以追上人類的需要。但萬一這次瘟疫的痛毒，就如巨人一樣，是我們不能夠戰勝命運的時候，我們有幻想過這種可能嗎？疫症爆發至今，全世界過億人染病，釀成數百萬人死亡。

在巨人的第一季，其中一幕，Mikasa 回頭說：「沒辦法啊，因為世界是殘酷的。」在巨人的世界裡，那種殘酷是人類沒有希望的殘酷；回到現實世界，我們都在努力保持希望，但究竟能夠保持多久？絕望又是否真的遙遠？

§

我喜歡看 Netflix 的紀錄片，像《末代沙皇》，講述三百年羅曼諾夫王朝的終結。一段政權更替的歷史，往往至少都有兩個故事。紀錄片要說的，不是「十月革命」的成功，而是末代沙皇——尼古拉二世的失敗；不是一次半次的失敗，而是幾乎從登基一刻開始就不斷發生錯誤，將王位和整個俄羅斯帝國都敗在自己手中。

在霍登卡練兵場（Khodynka Field）的登基慶典發生人踩人慘劇、跟日本開戰而且打敗仗，然後在聖彼得堡的冬宮外血腥鎮壓請願人民，還有在參加第一次世界大戰、重用「魔僧」拉斯普丁令他權傾朝野等等，每一件事，都將尼古拉二世推向萬劫不復的地步。你說，如果尼古拉二世稍稍做好一點，錯少一點，歷史會否完全不一樣呢？

一共六集的紀錄片，一方面重新將這些歷史片段活演出來，另一方面，找來相關的歷史學者專家穿插在整齣紀錄片中，旁白、分析這些事件如何導致沙皇的終結。這紀錄片好看，是因為這些學者專家都有無比的尊嚴，大頭的鏡頭、漆黑的背景，自信流利地講出學者們所研究的這段歷史，專家學者就應該是如此有格有型。學者們在片中，重複了很多次的一句說話：是「from bad to worse」，沙皇不斷做錯決定，將自己的墳墓掘得更深。

明明是看起來龐大無比的沙皇時代，坐擁一切國家機器，相比抗爭革命的力量，看起來戰無不勝、攻無不克。但只要一次又一次對形勢誤判，錯信了不該相信的人，做錯了不該做錯的決定。最後，管你是再大的國家、再大的政權，自以為真是上帝所選擇的一國之君、國家之首，命運都只會是自取滅亡，成為上帝所選擇的——亡國的末代君王。

在紀錄片裡的芸芸學者專家之中，其中一位是英國作家Simon Sebag Montefiore。

Montefiore 是俄國專家，寫過有關於史達林、羅曼諾夫王朝等專書，專門談俄國歷史。幾年前，鄧永鏘爵士（Sir David Tang）還在世的時候，其中一年香港書展就邀請了Simon Sebag Montefiore 和 Alain de Botton 等英倫作家一起對談，我當時也有在場，算是跟Montefiore 有過一面之緣。

理不清太hard core 的俄國歷史，Montefiore 最近就出版了一本好玩好讀的書，名為*Written in History: Letters that Changed the World*（Weidenfeld &Nicolson 出版），即他在三千多年的世界歷史中，精選過百封影響世界、改變世界的書信（從最早包括公元前一二〇〇多年、法老王拉美西斯的信，到去年川普寫給金正恩的信都有），當中有談政治、有談戰爭、有談愛情。隨手揭起一頁，閱讀書信文字，窺看歷史。

書裡有三封信跟末代沙皇有關的，一封是Montefiore 認為是史上最以下犯上、由平民「魔僧」寫給沙皇的，力勸沙皇不要出兵一戰；另外兩封，則是沙皇和他神經質的老婆，在一戰時的書信。當時沙皇在戰場征戰，而他老婆則留在皇宮。惡戰當前，兩人仍然在信中寫下七情六慾，纏綿得很。當然，兩人都不知道，在寫下這些信的短短一年之後，俄國再無沙皇，二人長埋土內。

女王的自由

英女王離世，舉世哀悼。英女王作為國家元首，這麼多年的風浪，各種各樣的人物，好的壞的，她都見證過、經歷過。站在世界最高的位置，看著世界變化多少年，她就在這個位置上給世人仰望了多少年。每一下舉手投足、每句說話，始終優雅，始終恰如其分。需要學習做皇帝的人不多，但想要學習做皇帝的人也不少，英女王肯定是個榜樣，她是真的受到人民愛戴。

這幾天的社交媒體，四處都是英女王的照片，每張照片都好看：手抱著的柯基、頭頂的大帽子、圓拱的Fulton雨傘，或是頸上掛著的一部配上測光器的萊卡M 3菲林相機，都是英女王的品味。但最經典的一張，要數她跟菲利普親王和一輛Land Rover越野車的（早期型號Series 2A）合照。女王靠著車旁、手擋陽光，而菲利普親王則坐上車頂，有型有格。去年菲利普親王離世，很多人都談到他如何在生前為自己設計靈車，花了十八年時間改造他最喜歡的Land Rover Defender來接送自己的最後一程。喜歡越野路華的其實不只菲利普親王，英女王全家上下，都是這個英國汽車品牌的忠實支持者。

英國皇室有所謂皇家認證（Royal Warrants of Appointment），即為皇室成員提供生活用品或服務的品牌認證名單，從廁紙到服裝、紅酒到座駕，單是英女王認證的品牌就有六百多家。名單上的大部分品牌，不少都是平民百姓日常生活中用到買到的，像Twinings茶葉就是其中之一。皇家認證又可再細分為不同成員的專屬認證，除英女王外，過去菲利普親王和查理斯王子都有專屬認證徽章。芸芸品牌，能夠同時有齊這三個皇家認證的品牌，只有十四家，而其中之一就是越野路華的總公司Jaguar Land Rover Limited了。

根據英國皇家認證協會（The Royal Warrant Holders Association）的介紹，得到認證，不見得就是最好的品牌，但就肯定是皇室成員所偏愛的產品或服務，所以什麼品牌能夠得到認證，都是英女王等人自己的決定。頒贈了認證，也不等於皇室就可以免費得到品牌的進貢，仍然是要通過正常的採購程序付錢購買。至於如果頒授認證的皇室成員離世，相關專屬的徽章就需要在兩年內停用。

據說，這麼多年來，英女王擁有過超過三十架Land Rover，數目跟她養過的柯基不遑多讓。三十多部越野路華，其中占最多數的車型，就是最原始粗獷、最具代表性的Defender，而當中又有不少車款特別為英女王改造，像開篷、特製皮座、內置無線電話直駁政府內政部辦公室等等，都是在原來Defender的陣式車架（Ladder Chassis）上，作出不同改裝。在英女王登基不久，一九五三年的時候，英女王籌備為期半年，橫跨超過四萬英里的英聯邦巡遊，先從倫敦出發去到新西蘭和澳洲，再到斯里蘭卡和也門，然後踏足非洲，最後經直布羅陀回到歐洲。皇室就請越野路華為這次長征，特製一款鬃上酒紅色的越野車，接載英女王和菲利普親王遊遍大半個地球，要是旅程需要橫跨海洋，這一輛特製車也會以空運方式送抵目的地，繼續服務。

在冒險家Ben Fogle所寫的*Land Rover: The Story of the Car That Conquered the World*裡面，就提到英女王在一九四五年的時候，加入了女子輔助服務團（Auxiliary Territorial Service），很早就在軍隊學習駕駛貨車，所以坐上Defender也駕輕就熟沒有難度。英女王駕駛得最多的，是一輛軍綠色的四門長陣版110 Defender（相對應的就是短陣版兩門90 Defender）。隨著英女王年紀愈來愈大，開始逐漸換上越野路華更高級豪華的車款Range Rover作代步出入。

英女王喜歡駕駛，書裡面其中提到，在一九九八年，當時沙特阿拉伯的王子阿卜杜拉到訪蘇格蘭Balmoral見英女王，英女王問他是否想遊覽一下城堡周圍，阿卜杜拉其實一點興趣都沒有。但當英女王問問題的時候，實際上那不是一個問題，答案必然是Yes, Your Majesty。那就遊覽一下吧，阿卜杜拉只能這樣說。轉過頭來，一輛

Defender已經停在城堡門前，英女王二話不說跳上駕駛座，阿卜杜拉嚇到呆一呆，因為當時沙特還未准許女性駕駛，更不用說由一個女性接載這個沙特王子，但沙特王子畢竟是站在英國的國土，像玩卡片遊戲，英女王比沙特王子有更高數值，阿卜杜拉就只好乖乖坐上後座。門一關上，英女王就在城堡和叢林之間的小路風馳電掣，嚇到阿卜杜拉顧不上禮貌不禮貌了，叫隨行翻譯跟英女王說開慢一點、小心揸車。

皇室對越野路華情有獨鍾，無論是去年的菲利普親王，還是剛剛離世的英女王，都會看到這品牌的身影。在英女王去世當天，威廉王子、安德魯王子等一行四人立即動身前往蘇格蘭Balmoral城堡見英女王最後一面。他們先在蘇格蘭鴨巴甸下飛機，然後需要一個多小時車程才到城堡，而令不少人有點驚訝的，是這四個皇室成員，逼在一輛Range Rover內，並且由威廉王子負責駕駛。我不知道這算不算是有些人所分析說的，是一種代表「貼地」的形象。但可以肯定的是英國皇室最倚靠、最相信的，可能就是一輛越野路華。

無論是英女王，以至是整個皇室，其實不難明白一輛可以征服不同路面狀況的Land Rover四驅車，所代表的吸引力是什麼。因為對她和他們來說，只要握著軚盤，就可以控制左右快慢，選擇自己要走的路。Land Rover可以越野，不必時時刻刻走在柏油路上，跟從各種有形無形的指示和束縛。所以，在林間穿梭的時候，就是她和他們生命中，唯一真正能夠體驗到自由的時候。

柴油的廢氣、車輛的顛簸、引擎的噪音，這些對英女王和她的家人來說，就是自由的味道、質感和聲音。當車返回城堡門外、關掉引擎的一刻，也就代表短暫的自由，到此為止。經過這九十六年的時間，七十年的在位，如今，英女王終於有了新的自由。

威尼斯筆記

看到《衛報》關於威尼斯的新聞，題為It's the last nail in the coffin，棺材釘蓋，真正壽終正寢。威尼斯近來多災多難，先是嚴重水浸，聖馬可廣場變成了聖馬可水池；水退沒多久，瘟疫又來襲，單純以旅遊業支撐經濟的威尼斯儼如死城，本來五月舉行的建築雙年展也要延至八月才開幕。

現代威尼斯人長年面對理智與感情之間的激烈矛盾，對世界各地遊客恨愛交纏，遊客是經濟來源衣食父母，但遊客太多又變成洪水一樣，將小城淹沒。這類矛盾其實很多地方的人都心裡明白，不同的是香港人沒法像威尼斯人一樣，選個真的為民發聲的市長。早在二〇一五年的時候，威尼斯人選出新市長Luigi Brugnaro，他後來引入「觀光稅」以求適量減少遊客，原定二〇二〇年執行，只要進入威尼斯，就算不吃不喝，也要先付觀光稅。不過連番天災之後，大概也沒有觀光稅的必要了。

報導中的威尼斯，因為瘟疫蔓延，所以城市都是空盪盪的。我想起了小說改編的老電影《魂斷威尼斯》，原為托瑪斯．曼的經典小說。小說主角是個中年作家

（Gustav），老婆早死，寫作如意但壓力太大，所以到威尼斯散心，孰料在這趟旅程，看到了他所認定的「美」的化身，也是他一直以來、希望通過藝術所表達的「美」。

這「美」現在活生生的展現眼前，這「美」就在一個十四歲男孩Tadzio的臉孔上，而整齣電影就是拍攝這中年作家，不斷地跟蹤偷看Tadzio，即使當時霍亂在威尼斯爆發，他也為了Tadzio而留在威尼斯。兩人有過幾次四目交投，卻始終連一次對話也沒有。一個中年男人為了理想中的美而失去理智，最後如小說名字一樣，因感染霍亂而魂斷威尼斯。

電影裡的僅有對白，就是中年男子不斷悄悄地呼喚「Tadzio! Tadzio」，其餘大部分時間都是播著馬勒（Gustav Mahler）第五交響曲的第四樂章。在電影配上這首小柔板（Adagietto）的樂章，不是純粹出於搭配和好聽。Thomas Mann的小說寫在一九一一年，而馬勒就在當年五月逝世。據研究，兩人在一九一〇年曾經在公開場合碰過面，後來也交換過書信往來。Thomas Mann給馬勒贈書，馬勒也回信，兩人都互相欣賞。沒有人知道馬勒有沒有影響到Thomas Mann在《魂斷威尼斯》的書寫。但小說主角跟馬勒同樣名為Gustav，年齡也相若。難怪後來在電影中的主角，驟眼看也跟馬勒一個模樣。

電影鏡頭跟著Tadzio在威尼斯的窄巷穿梭，而中年作家永遠躲在轉角。作家阿城在《威尼斯日記》描寫這個小城寫得好看，他說：「威尼斯的每一條小巷都有性格，或者神祕，或者意料不到，比如有精美的大門或透過大門而看到一個精美庭院。遺憾的是有些小巷去過之後再也找不到了，有時卻會無意之中又走進同一條小巷，好像重溫舊日情人。」

去過威尼斯，必定迷過路，也因此必定可以感受到阿城的這段文字。但在中年作家Gustav 的眼裡，走過再多條神祕小巷，經過多少個華麗庭院，他眼裡也只有一種「美」，那永遠得不到的「美」。即使最後看似不明不白地死在威尼斯，但對他來說也是如願以償的結局。

§

二〇二〇年初，義大利疫情慘重，新聞標題是「新冠逝者孤獨地死去，孤獨地被埋葬」，很多很多的遺體，看到也令人神傷。香港有電視臺月前才拍了好看的旅遊節目，介紹義大利的種種美食，還興起了想去義大利的念頭，轉眼就弄成這個樣子，好像會撐不過去似的。

其實本來不喜歡義大利，或許是因為小時候不喜歡學彈琴、學樂理，討厭了當中的義大利文也連帶討厭了義大利。待在歐洲幾年，除了因為要開研討會才去過威尼斯，儘管喜歡義大利的時裝，一間間不容易發音的品牌，Brunello Cucinelli、Boglioli、Lardini……但外流期間，竟然沒有去過義大利的其他城市，現在說來也有點後悔。

而當時，去威尼斯後，也沒有留下很好的印象，因為那時只覺得這個水鄉，一切都太過為了旅客而做。去到義大利威尼斯，竟然得到了在澳門威尼斯人的感覺，但不是澳門威尼斯人成功複製歐洲水鄉，只是真實威尼斯的一切都像是堆砌出來，大街小巷都是賣玻璃、賣天使娃娃、賣面具，就如主題樂園裡只有老鼠和小熊一樣，沒有實實在在生活的人和事。

直到讀了阿城的《威尼斯日記》，我才回過頭來感受到威尼斯的美好，就像想起了小城裡那些每次都令人迷路的小路窄巷。在書中，六月十日的日記，阿城短短的寫了這兩行：「在一座橋邊看到牆上的一塊石碑上刻著莫札特曾在此住過，可後來不知道為什麼找不到那座橋了。」在歐洲，無時無刻都會走過你認識的名人曾經住過或工作過的地方，與我們在不同空間遇上。

多得新經典出版社去年把阿城的幾本散文重新出版，趁機可以好好讀阿城的文字。阿城在《日記》裡這樣形容威尼斯：「白天，遊客潮水般湧進來，威尼斯像乎無動於衷，盡人們東張西望。夜晚，人潮退出，獨自走在小巷裡，你才能感到一種竊竊私語，角落裡的嘆息。貓像影子般地滑過去，或者靜止不動。運河邊的船互相撞擊，好像古人在吵架。」

記得那次從倫敦飛威尼斯，抵達已經天黑，在機場坐船坐到旅館最近的碼頭，那碼頭的名字我到現在還記得，是威尼斯的兵工廠（Arsenale），因為名字正是我喜歡的倫敦球會。在機場，連行李拖上小船，坐了一個多小時才下船走回旅館，這種坐船離開機場的經驗還是新鮮的。夜裡的威尼斯真的靜得出奇，就是那種阿城所說、感覺到小樓房上，有人低聲說話的安靜。喜歡阿城的文字就是喜歡他的形容，除了這種安靜之外，他還形容過威尼斯近郊空氣的新鮮，說是「新鮮得好像第一次知道有空氣這種東西」。

疫症期間，無論是日頭或夜晚，威尼斯也應該很安靜了吧？就是安靜得連竊竊私語的感覺也沒有了？還是像最近給證實是假新聞的報導說：現在水鄉河道變回清澈，海豚取代人類成為遊客（那張廣傳的海豚圖片，其實是攝在義大利外島、薩丁尼亞的碼頭）？很想回到威尼斯，並不是為了不存在的海豚，只想感受威尼斯晚上的寧靜，再一次跟喜歡的人一起迷路。

家園何處是？心安即是家

前香港大學校長、王賡武教授，是研究海外華人（Overseas Chinese）的權威。海外華人，即離散者也（diaspora），王賡武自己就是其中之一。王家祖籍本來在河北，後來遷至江蘇泰州，王賡武的父親去了南洋教書，先後在新加坡、馬六甲等地方工作，後來又到印尼泗水，其間返鄉娶妻，回到泗水後不久，妻子就誕下王賡武。雖然在印尼出身，但在出生不久就搬去馬來亞的怡保，就是有很著名舊街場咖啡的怡保。

王賡武兩年前出版自傳，最近中譯本出版，自傳的上部，談的就是王賡武大學畢業以前的生活。王賡武的成長，雖未至居無定所，但卻始終沒有扎根成長的時間。父母由始至終都沒有視南洋為家，因為一直希望有天衣錦還鄉、回中國生活，所以在自傳裡面，王賡武說自己從小就感覺到那種「離心」，似乎只要等到天時地利，就要隨時動身回中國。

但二十世紀初的中國，不是今天中華民族偉大復興了的中國。一九三〇年代打起二戰，直接將王家的回鄉大計推遲了；不久之後，連馬來亞也輾轉落到日本手中。伴隨王賡武成長的，就是這樣不定的生活。二戰以後，一九四七年，王家的回鄉夢終能完成，舉家搬到南京，王賡武也考入了國立中央大學（早前寫過的顧孟餘，二戰時就擔任過「中大」校長）。

跟父母不一樣，王賡武隨家搬到中國，其實不是「回」中國，只是開展新的生活。中央大學有住宿提供，所以王賡武很快就跟父母分開居住，後來國共內戰愈打愈烈，王賡武的父母唯有決定回到怡保；再過一年，一九四八年的時候，中央大學也停課了，要求學生回家，意味王賡武也再次回到怡保。

自傳的上部，書名是《家園何處是》，五隻字，流露了無處為家的感傷。自小以來，父母就灌輸中國才是故鄉，出生的泗水當然不是家，成長的怡保也不是家。後來成功「回家」，但卻發現身處的中國，橫看側看都沒有一點家的味道。

在中國，看到國民政府的腐敗，王說：「中國將落入共產黨手中，但對此無動於衷。我跟許多同學一樣認為國民黨政權已喪失治理能力，領導者弄權腐敗。」《家園何處是》，原來的英文書名：*Home is Not Here*，「這裡不是我的家」，意思夠清楚了吧。實際生活成長的地方不是家，心裡投射以為是家的地方，同樣不是家。

一九四九年回怡保後不久，王賡武就到了位於新加坡的馬來亞大學（馬來亞大學當時的另一校區在吉隆坡）就讀。王賡武說，一九六〇年代才再次回到怡保，經過新街場的街道，感到困惑和不安，因為他在怡保學到的，是「沒有恆常不變之事，變動隨時可能降臨，人們可能輕易就被從根源切離」。這包括了王賡武自己的經歷，還有他父母一代人也一樣。

書裡面，還提到一個有趣的地方：王賡武乘船從中國回馬來亞的時候，船停靠過幾個海岸，當中包括臺灣的基隆港。他在基隆下船，去臺北遊覽一日。他說：「（臺北）秩序井然，一片平靜，後來才知道經過一九四七年初的殘暴警力鎮壓後，全省現在受到嚴密治安控制。」王賡武所指的，就是臺灣的「二二八事件」了。

§

在王賡武的自傳，上部講他在馬來亞大學本科畢業以前的成長，很多時候都寫到他和他父母的往事；到了自傳的下部，則寫他自己如何慢慢成為學者，以及和太太林娉婷的相遇和生活。王賡武的學者生涯，不斷漂泊，先到英國修讀博士學位，二十七歲畢業後回到馬來亞，穿梭於吉隆坡和新加坡之間；再後來又到了澳洲國立大學任教近二十年，之後擔任香港大學校長。讀王賡武的自傳，看他和家人飛來飛去，搬完又搬，你就更明白為何自傳上部的書名會是《家園何處是》。

本來他的祖籍、出生和成長，已經是中國、印尼、馬來亞三個國家，到後來成為學者，也始終沒有安定下來。那麼到底哪裡才是家呢？林娉婷說：「我們住在什麼地方，那裡就是我們的家。」而對王賡武來說，答案就在自傳下部的書名——《心安即是家》。

在王賡武讀大學、做研究的同時，也是馬來亞政治急速發展、解殖獨立的時候。王賡武入讀馬來亞大學一年級的時候，選進了學生會理事會，裡面有些高年級的學生，其中一人名叫馬哈蒂爾・穆罕默德（Mahathir Mohamad）；一九五三年在學校成立社會主義學會，王賡武做第一屆主席，學會出版刊物《黎明》，一九五四年政府逮捕了幾名學生編輯，有個年輕律師挺身而出，為學生辯護，這位年輕律師名叫李光耀。雖然王賡武一再說自己不懂政治，但在自傳裡，卻提供了有趣的角度，書寫這段政治的歷史發展。

但這下半部的自傳，最吸引我的還是王賡武寫赴英讀博的部分。本科畢業之後，王賡武去了英國，入讀倫敦大學亞非學院寫博士論文，逛學校附近一帶的書店、去河畔皇家節日廳（Royal Festival Hall）聽音樂會，走在百花里（Bloomsbury）中，經過昔日百花里文化圈聚腳居住的地方，像伍爾芙（Virginia Woolf）、凱恩斯（J.M. Keynes）他們的舊居。這樣的英倫生活，我後來都經歷過，也寫成了書。

王賡武第一年在倫敦的時候，住在學校羅素廣場附近的干諾廳（Connaught Hall），林娉婷在一年之後跟王賡武在英國團聚，最初也先住在干諾廳，她說這學生宿舍「位置非常方便，可是那裡的食物實在令人不敢恭維。我在那裡吃了幾餐，從此不願再去」。我在中大讀本科的時候，有個夏天到了亞非學院交流，當時就住在干諾廳裡，但我印象中這個包伙食的宿舍食物不差，至少，每天的自助早餐是很豐富的。

令人洩氣的世界

落筆時，俄羅斯開始進攻烏克蘭，首都基輔也發生爆炸。到文章見報，烏克蘭作為一個國家是否仍然存在，又或剩下多少國土，都說不準。烏克蘭政府叫國民冷靜應對，留在家裡，但更多的民眾選擇開始逃難。不管是躲在地窖等待戰火終結，還是走在沒有終點的路途上，對烏克蘭人來說，此刻是最壞的時代，前路盡是黑暗，除了絕望，一無所有。

雖在千里之外，但仍覺忐忑，彷彿世界就像那逐漸沉入深海的鐵達尼號一樣，裂成兩半；世界正在分裂，世界正在沉淪。輾轉讀一些關於烏克蘭的文章，讀到烏克蘭在蘇聯解體之後獨立的歷史。俄烏衝突固然可用地緣政治作為分析，理解成為冷戰後的延續、是俄羅斯和西方社會之間的角力。但更仔細地看，烏克蘭在獨立之後，經歷過幾次大型的社會運動，烏克蘭的民族身分認同慢慢成型，愈來愈多的烏克蘭人認為自己是烏克蘭人，而不再視自己是蘇聯人、俄羅斯人。

當本土意識開始扎根，民意隨即轉向，並通過民主制度改變政府的組成和政策的取向，意味著烏克蘭政府也如同很多的烏克蘭人一樣，跟俄羅斯愈走愈遠。但國與國之間的關係，分手極難，而分手之後的「手尾」更是長到不得了，特別是對於關係本來就不對等、有強鄰在側的烏克蘭來說，這就像是不歸路。因著身分認同的轉變而引致無法收拾的結局，這悲劇在世界各地都在上演。今天在俄烏，不知他日又將在哪裡發生。今次俄羅斯對烏克蘭的行動，會否觸發世界上其他潛在的危機、為蠢蠢欲動的人壯膽？烏克蘭人身分認同的確立，最終卻面臨如此的結果，這是歷史的必然，還是無理的掠奪？

疫症和戰亂，衝擊著我們。教科書裡有世界歷史，而這一切的悲劇都曾經在以往發生過，只是教科書裡，始終沒有教我們如何面對這些困境。什麼是好、什麼是壞；什麼是對、什麼是錯；一時之間就像失語，無從面對，一場戰爭頓時令人迷惘。最近，牛津大學出版社出版已去世的清華大學教授何兆武的口述歷史《上學記》和《上班記》，何兆武是上一代的知識分子，專研歷史和哲學，經歷過二戰，也受過文革的禍害。未及買到新書，但讀了執筆記錄此書的文靖所寫的前言，其中一段讀後深刻，文靖這樣寫道：

「但其實，所謂『意義』都是後添的。包括歷史上的大事件，幾乎所有的緣由都亂成一團。只不過那些有話語權的人，為了自詡，或者痛打落水狗，才事後扒拉扒拉，挑一個最耳順的理由說給你聽——然後，你就信了。因為你希望歷史是邏輯的，揚善懲惡、圓滿的，所以你就好糊弄。」

現實世界，之所以如此荒謬如此悲涼，不就是有一些人，為了一些人民百姓其實毫不在乎的原因而翻天覆地，然後什麼是好壞、什麼是對錯，再由那些人去作那些人的定義，新的世界就此形成。而這個世界，真的令人洩氣。

§

俄烏戰爭進入第二星期時，我繼續不確定在下筆時候和文章見報的幾天差異，烏克蘭仍否存在，或剩多少。但無論如何，像歷史學者Yuval Noah Harari在《衛報》所寫：「在這十數天的日子，已經向全世界證明了烏克蘭是確切存在的民族，烏克蘭人是真正的烏克蘭人民，並絕對不想活在新俄羅斯帝國的管治之下。」

馬嶽在上星期談及俄羅斯和烏克蘭其實不是一家人，特別提到一九三〇年代發生在蘇聯的一場大饑荒，其中烏克蘭情況最為嚴重，死去數百萬人。有一種說法，指烏克蘭所面對的大饑荒，是人禍而非天災，是史達林有意通過饑荒進行種族滅絕，消除烏克蘭人對蘇聯的反抗。

中文大學出版社有一本書，題為《饑荒政治》，作者文浩（Felix Wemheuer）將這場蘇聯的饑荒和毛澤東時代的大饑荒作比較研究，花了不少篇幅分析究竟烏克蘭的饑荒是否種族滅絕、解釋烏克蘭民族主義的構建。文浩說，學界對烏克蘭的饑荒主要分成兩大派別：一是上述的種族滅絕，史達林明知烏克蘭已經出現餓死人的情況，仍然繼續收緊控制，沒有開倉分糧之餘，加強向烏克蘭農民徵糧，如果農民沒有達成目標，就予以強烈懲罰，禁止農民逃走。民族滅絕之說，更受當今烏克蘭人所支持，文浩說是因為烏克蘭在蘇聯解體後的獨立過程相對和平，缺乏民族解放鬥爭的英雄神話事跡，痛苦的歷史、對蘇聯（俄羅斯）的憎恨，成為了今天民族意識的重要部分。

另一派別，則認為饑荒影響全蘇聯，烏克蘭有人餓死，但蘇聯其他地方也有人餓死；史達林大舉壓迫農民，但不是單獨針對烏克蘭人。饑荒是天災，即使有人禍加劇災情，也不等於人禍背後的目的就是要滅絕烏克蘭人。兩種說法，各據一個極端，但實際情況，往往在兩者之間。

作者在書裡面又提到，在十月革命之後，蘇聯曾經推動民族化政策，以贏取非俄民族們對蘇維埃的支持，得以保留革命前、沙俄時期的帝國版圖。民族化的政策，就是發展各民族的文化和語言，百花齊放，烏克蘭民族和語言在這個時候也趨繁榮。但當蘇聯在管治上出現問題的時候，民族就成為問題。

當饑荒在蘇聯出現的時候，烏克蘭農民將民族置於蘇聯之前，對史達林來說，烏克蘭人對集體主義進行對抗、想要作反。所以蘇共在一九三二年改變政策，反對「民族共產主義」，又開始針對烏克蘭籍的黨幹部、知識分子等進行血腥清洗。要證明史達林想滅絕整個烏克蘭民族並不容易，也不必然是事實；但不可否認的是，烏克蘭民族是史達林的眼中釘。

今天普丁一再強調烏克蘭與俄羅斯是「同一民族」、所以才會進行「特別軍事行動」，但這同一民族的論點，單從蘇共初期推動的「民族化」政策歷史就可推翻。現實上，普丁對烏克蘭民族的憎恨，更可解釋今天的俄烏戰爭。在《經濟學人》的一篇報導，訪問了烏克蘭《鏡週報》的一名編輯 Zerkalo Nedeli，她說：「我們可以看到，每當普丁在談到北約或美國的時候，永遠木無表情。但當他談到烏克蘭的時候，他就有一種想要嘔吐一樣的憎恨，他討厭所有有關於我們的一切。」以戰爭解決仇恨，天理不容，怎能不予以譴責？

民主化，可能嗎？

自中國崛起、成為世界大國以後，幾十年來，無論是研究中國經濟或中國政治，很多學者就開始提出一個問題：中國會否開始民主化？特別是改開之後，經濟急速起飛而且愈飛愈高，過去困擾中國的一些問題，如貧窮人口、文盲等都持續地改善，配合中產階層的壯大、資訊科技的流通，無論是哪一種民主化的理論，民主化的條件，在中國都慢慢變得成熟。

但當中國變得愈厲害、愈強大，隨之而來的種種說法：像中國夢、中國模式、中華民族的偉大復興，以至是現在奉為圭臬的「習近平新時代中國特色社會主義思想」，旨在提出政治發展的另一種可能，也是對西方世界一直相信的自由民主和現代化理論的拒絕，開闢一種大國崛起的方法和路徑。簡單說，中國夢就是在崛起以後，經濟開放，不一定需要伴隨著政治上的開放；中國的模式，在現代化完成之後，沒有民主化的必要。

現實上，「中國模式」已然成形，而國內對自由民主的訴求近乎全面消音，就在民主化跟中國沾不上邊的時候，香港大學哲學系的慈繼偉教授，最近在哈佛大學出版社，出版了一本很有趣的書，名為《民主在中國》（*Democracy in China*）。看到書名，自然想起法國哲學家托克維爾的《民主在美國》。慈教授在整本書裡，（從書名開始）很大膽地提出中國迫切需要民主化，不是民主化是否可能在中國出現，而是在審慎評估後、有實際上的（a prudential approach）需要，進行民主化。

那是什麼的需要呢？明明中國一步一步地建立中國模式，以全新的方法（即習近平的方法）治國理政，國內近乎完全沒有要求政治開放的聲音，慈教授偏偏在二〇二〇年，寫本《民主在中國》。慈教授提出：刻下中國政府鋪天蓋地去維穩，扼殺任何反對的聲音，這證明了中共潛在著很大的合法性危機。政府用了多大的力氣將反對的聲音壓下來，換過來說，就是反對的聲音蘊藏了多大的力量。

這本《民主在中國》是慈繼偉很大膽地提出的一個推論，推論中國現正面臨一個缺乏管治合法性的危機。為何會缺乏呢？因為中共本來的合法性，是來自於共產主義和革命，但久遠了的共產主義和革命，都不足以支撐今天現代中國的政權。慈教授說，經濟起飛、生活改善都只是政權合法性的補品（legitimacy enhancement），不能真正成為持續有效的合法性來源。

現在權力集中在習近平，暫時能將危機壓下來，但若干年後、繼任的人不可能得到與習看齊的政治力量，也就不能再壓下危機，到時就要找化解的方法。慈教授說：民主化，而且是由中共所帶領的民主化，只有這樣，合法性的危機才能解除。同時間，中共也能夠保留最大的政治力量，在新的制度下繼續運作。這就有點像哈佛大學政治系教授薛比勒（Daniel Ziblatt）之前在 *Conservative Parties and the Birth of Democracy* 一書裡面提出的理論，解釋貴族保守勢力如何在主動釋放權力、推進民主化後，仍然保留一定的政治實力，並有助民主制度的落實。

慈教授的推論，讀起來像思想實驗，他說他沒旨在於道德價值上說明中國民主化的需要，而是一再強調中共民主化是近乎「為勢所迫」，是一個務實的決定。既然慈教授的推論是如此為勢所迫，那麼民主在中國戰勝歸來，是否指日可待？

§

慈繼偉教授在《民主在中國》一書裡面，提出民主制度將會是中國在「為勢所迫」之下，成為唯一可行的制度，毋寧是中共的「非如此不可」。慈教授主要用兩個步驟，推演說明為何民主最終可以戰勝歸來。

第一步所提出的，是中共面臨巨大的合法性危機；第二步則是解決政權合法性危機的方法——民主制度。隨著改革開放、中國共產黨變得不再共產之後，人民生活得到改善，卻因此而逐漸背棄了中共理論上所代表的共產主義，以及過去的革命路線。這種共產主義的靈魂，現在還能在領導身上找到（習近平也受過文革的磨難），但慈教授說：再下一代的領導人，山未上過、鄉沒下過，更不要說曾經憶苦思甜，即使成為中國共產黨的領導人，也不會散發半點共產主義的靈魂。

你可能質疑，沒有共產黨就沒有新中國，那只是紅歌歌詞，實際上中共的合法性早就轉而到經濟發展之上了。然而，慈繼偉在書裡面解構當今中共的合法性，現在的中共也非全憑經濟，而是所謂的「兩條腿走路」：一條腿是鄧小平以降、四十年來不斷累積與開創的經濟成果，而另一條腿則是不斷褪色但仍然奉為圭臬的共產主義靈魂。

慈教授說，經濟成果只能作為合法性的「補品」，而補品的意味是不能長久、不能永永遠遠單天保至尊，因為經濟本來就不可能無止境地增長。政權最重要的合法性，是源於政治制度所賦予政府的穩定，讓政府得以長遠地進行統治（right to rule）。因此，即使共產主義變成了習近平新時代中國特色社會主義，但中共並沒有因此而放棄宣傳意識上的共產主義，仍然擁抱過去的革命、仍然尊崇跟現代中國格格不入的毛澤東。這是因為「共產主義」作為主義本身，為政權提供了統治的合法性。

過往在經濟發展水漲船高的狀態下，經濟成果掩飾了共產主義不斷褪色、不再共產的事實，同時也將中國的種種問題，像人權、自由，以至是土地正義、食物安全等議題都遮蓋住、壓下來。當經濟發展慢慢放緩，以上的所有問題，也會連同中共不再共產和沒有革命色彩而浮現，也就是慈教授所說的合法性危機了。

慈教授在第二步、提出政治制度上的民主化，將會為政權注入新的統治合法性，從理論上是說得通的。過去不少成功的民主化例子，民主能夠「行穩致遠」，也源於獨裁政權下放權力，並且帶領過渡。然而，慈教授在這個「中共民主化」的思想實驗中，著重於「合法性」有無的問題，但對獨裁、以至暴政政權來說，合法性的有無，或許從來不是這些政權能否生存的條件。

民主化或許真的能一勞永逸地為將來的政權，在制度上帶來統治的合法性，但這也代表：那時候，中國共產黨作為一個政黨，將會面臨失去管治的權力。即使沒有合法性，即使經濟發展的「補品」不能再為政權帶來壯陽之效，對獨裁政權而言，還可以利用恐怖取代合法性，成為統治的後盾。成本或會很高，但不是有人說過「樹欲靜而風不止……那就讓暴風雨更猛烈一些好了」嗎[9]？慈教授提出中共有欠合法性的問題，是非常準確。但最終會因此而帶來民主，還是迎來更恐怖的暴政，恐怕就只有一念之差。

9 二〇二〇年七月，中國外交部發言人華春瑩在例行會議上，以此說法警告美國。

§

談到民主化在中國是否可能，順便同場加映，談談美國的民主選舉，看看民主這東西，為何好像愈來愈不爭氣。選舉研究權威、著名的比較政治學者 Pippa Norris，在二〇一六年的美國選舉之前，寫了一本很小的書，前後七十頁不夠，題為 *Why American Elections Are Flawed*（*And How to Fix Them*），由康奈爾大學出版社出版。雖然寫在幾年前，但不幸地，美國選舉的缺陷不見得有所修補，而且更顯殘缺。

川普一直以來大力攻擊選舉制度的可信性，特別是有關「郵寄選票」的部分，形容二〇二〇年的選舉是「有史以來最不準確、最多欺詐的選舉（2020 will be the most INACCURATE & FRAUDULENT election in history）」。實情是否如此？美國的民主制度又是否真的千瘡百孔？

Pippa Norris 在書中提到，川普說有人操控選舉，特別是有人通過郵寄投票，假冒選民投票（impersonation）。早在二〇一六年選舉的時候，川普就已經不斷大叫大嚷，「幸好」他當時贏了，美國的民主選舉才不致在二〇一六年的時候招來他更大的攻擊。但川普的威力，已經足夠大到令很多美國人開始對選舉是否公正產生懷疑（二〇一六年蓋洛普（Gallup）的調查中，每十個美國選民，只有六個認為投票是公正的；

對共和黨支持者來說，比例更下降至只有五個選民」。

那麼美國的選舉又是否如此不堪？Pippa Norris引用了不同機構對選舉公正性的調查，實際上在十四年間、累計超過十億張選票當中，其實就只有二百四十一張選票有潛在欺詐問題。

此外，作者亦提出困擾美國選舉的五大問題，除了上述的一、「選民對制度失去信心」之外，還包括：

二、兩大政黨對投票程序的分歧，民主黨希望簡化投票程序以增加投票率，而共和黨則希望加強認證，避免影響選舉公正；

三、來自外地的網路黑客攻擊，實際上去屆選舉引伸的「通俄門」，到今天仍然疑點重重，來自俄羅斯的選舉干預也是不爭的事實；

四、欠缺選舉經費的規管，即所有人都生來平等，但有些人比其他人都更平等，有錢金主可以肆無忌憚控制政治；

五、沒有具權力的中央監管機構，統籌選舉的進行。美國是行聯邦制，每個州政府都有自己的選舉條例例如有些州份容許所有選民郵寄投票，但有些州份就需要選民提出合理原因，經申請才能夠得到郵寄投票的權利；另外，每個州份所規定的郵寄投票日限期又各有不同；最後導致選舉規管不一致。

有問題，自然要找解決方法，而Pippa Norris在書中提出針對性建議，如設立具權力的中央機構，加強選舉監管，使各州份都能夠統一選舉規則。今時今日，讀這本小書而不覺過時，意味著作者所提出的解決方法還未有實行，美國的選舉仍然是充滿缺陷。

美國的民主，曾經是民主的模範，然而今天淪為笑柄，就像早前看到川普和拜登的電視辯論一樣，令人漸漸不再相信真理不能愈辯愈明。來到二〇二〇年，世界正在巨變當中，此刻迎來美國大選，全世界屏息靜氣，思考究竟只是美國選舉偏離自由民主，還是民主政治真的走到盡頭？

可讀的古典音樂

在瘟疫蔓延無限期的世界，生活中的一點放鬆、一點娛樂，都得來不易。音樂廳關了很久。沒音樂可聽，但有音樂可讀。李歐梵和邵頌雄兩位教授去年合寫的《諸神的黃昏》（牛津大學出版社），一直不捨得看，近來終於開讀。

兩位教授的文集，援引「晚期風格」的概念，談古典音樂的種種。實際上，最早提出以「晚期風格」談音樂的是德國哲學家阿多諾，分析貝多芬的晚期創作。晚期風格的重要，不是純粹劃分作曲家的生命，而是作曲家在特定的人生階段、通過音樂寫下獨特的精神面貌。後來繼續借「晚期」發揮的，是同為哲學家的薩伊德（Edward Said），寫作曲家以至演奏者的晚期風格（用相對鬆散的晚期定義）。

我說不捨得讀，怕太快讀完，你以為我誇張，但其實不然。寫音樂的專書，從來不是大賣的題材，即使計上英文出版，一年也沒有幾多本（如果看得懂德文、義大利文，選擇當然更多，可惜我留德一年，最後只學會每天早上才可以講的Guten Morgen）。寫音樂之餘還要寫得好看，更是難上加難。當今華文世界寫音樂而且寫得好看易讀的，李歐梵和邵頌雄是其中難得的兩位，另外焦元溥自是另外難得的一位。

李教授寫古典音樂聞名已久，也是我讀過寫音樂寫得最「門內」的門外漢（李教授這麼多年都常常謙虛說自己是古典音樂門外漢）；至於邵教授寫過的兩本大作，《樂樂之樂》和《黑白溢彩》都是經典。兩位教授合作出書，如果你也喜歡古典音樂，你自然明白我說「不捨得讀完」並不是誇張說法。

而像阿多諾、薩伊德一樣，李、邵兩人作為人文學者，以「晚期風格」作切入，寫布拉姆斯、貝多芬等作曲家，以至是荷洛維茲和阿巴多等演奏者，都是寫得出神。古典音樂深似海，我作為非常業餘的樂迷最明白不過。

要精通古典音樂，隨便舉一例子，比起要精通品酒喝酒困難得多。喝酒品酒，可以來回地喝，清清味蕾就可以再次比較，不喝醉就可以了（當然，專業的品酒，很多時候都不會把酒吞下肚子）。但要深入古典音樂，光是單一作曲家，就有無數的作品，幾經努力聽熟幾首交響曲（當中又包括不同演出者的不同版本），那位作曲家還有很多很多首的三重奏、四重奏，待我們開發。而且聽古典音樂所花的時間和精神，比起喝一口酒然後留下好喝難喝的印象，早就多出幾百倍。但讀李、邵的文章，把古典音樂寫得舉重若輕，把最好的內容都精華出來，能夠讀到其實是讀者的幸福。

舉書中一個例子：邵頌雄其中一篇文章寫義大利導演維斯康提（Luchino

Visconti）的《魂斷威尼斯》。《魂》是托瑪斯・曼的小說，小說的主角是作曲家馬勒的化身。貫穿整套電影的是馬勒第五交響曲，邵教授說這首交響曲才是戲的主角，影像演員反而只是「配影」。但更厲害的是邵教授還細心寫戲中的其他配樂，像「如艾森巴哈（電影主角）遇上達秋（令主角為之顛倒的男童）的酒店大堂場景，配樂竟然用上雷哈爾（Franz Lehár）的《風流寡婦》（*The Merry Widow*），似已預告了這段『畸戀』的悲慘結果」。

把古典音樂寫得好的文章，會令讀者自然按書索驥，把提到的錄音版本找出來、將寫到的電影再看一遍。而邵、李的《諸神的黃昏》，當然做到。

§

說起樂評人，還有一位老前輩黃牧先生日前離世，不少朋友都在網上寫了一些跟黃牧先生有關的事，例如邵頌雄教授說，黃牧先生近年走遍世界，為的是看芭蕾舞，晚年都以北京四季酒店為家；又看到資深出版人林道群貼上一紙書信，是金庸寫給董橋。金庸在信中提到「黃牧一文我甚喜歡……像黃牧的文章，以輕鬆活潑之筆調談知識性內容，相信是我們努力的方向」。

再早些時候，冒昧在Facebook 跟黃牧先生成為「朋友」，成為了「朋友」，但始終未曾有緣碰過面、談過話。作為業餘古典音樂愛好者、間中寫寫古典音樂的人，這是一種遺憾。但有趣的是：一直以來，幾乎每次讀到黃牧的樂評文章，最大的感受也是遺憾，因為總是遺憾自己生來就沒有機會看過、聽過黃老筆下那些叱咤風雲的大師人物。

聽古典音樂，嚴格來說是一種長時間的修練，幾乎沒有捷徑可走，只有聽得夠多（而且要聽好的演出），才能把音樂演出的好壞聽出來。黃牧寫古典音樂自成一家，多寫音樂會樂評，像二〇一七年出版的《現場：聽樂四十年》，黃老就說這書是他在「現場見證了近半世紀音樂演出的歷史」。

在這近半世紀裡，黃牧看的是卡拉揚（Herbert von Karajan）、貝姆（Karl Bohm）等指揮，參加的是Vladimir Horowitz 、Artur Rubinstein 等鋼琴家的獨奏音樂會，這樣的樂賞經驗，對今天每一個喜歡古典音樂的人來說，只有羨慕和妒忌。過去幾年在歐洲的時候，聽音樂會是日常事，聽過不少樂團、不少指揮的演出，但未看過的未聽過的還有不少。

無論是古典音樂，抑或是思想界、學術界中，一直以來都有一個慨嘆：就是當今世界再無大師。特別在音樂界裡，自卡拉揚、伯恩斯坦（Leonard Bernstein）等人逝世以後，今天樂壇還有誰有資格成為指揮大師？年老不一定能稱為大師，一流的指揮如海廷克（Bernard Haitink），夠老了吧，但跟「大師」兩字仍有一點距離。在《現場：聽樂四十年》一書裡面，黃牧說，他在今天也找不到能夠稱為「指揮大師」的人物，但對於「今天再無指揮大師」這問題，他只會加上一個「？」，以表他對此論調的保留態度。

黃牧說：「一首交響曲在Karajan、Bernstein或Solti的指揮棒下，肯定有我們可以多少預見的不同效果，這就是指揮家個人的演繹性格，不同今天的指揮家，同一樂曲在甲乙丙丁的棒下都差不多。資訊發達，大家可以互相參考甚至模仿，導致竟有『演繹模式』的標準。」

的確，今天看Gustavo Dudamel、Andris Nelsons、Daniel Harding等指揮的演出，其實演出都很好，或像黃牧所說的「可靠」。但如果蒙著眼去聽，卻不可能聽得出誰在指揮。那麼假以時日，Dudamel、Nelsons等人會否成為大師？現在欠缺的又是否只是時間和歷練？這個問題，有兩個答案：一，當然是希望今天的這些指揮，能像當日在拜魯特音樂節嶄露頭角的Carlos Kleiber一樣，慢慢變得更有稜角；二，最終能否成為大師，是早已天注定，如果生來不是大師，即使待到逝去的日子，也注定不能成為大師。

如果世間真的再無大師，幸好，還有黃牧先生的文字，把以往大師們的音樂會都記錄下來，然後再聽回當年的錄音。把一切失去了的，仍然可以繼續好好珍惜。

走過漫漫長路的海廷克

荷蘭指揮家海廷克（Bernard Haitink）月前逝世，享年九十二歲。海廷克生前曾任多個世界頂尖樂團音樂總監及首席指揮，其中最重要的，必定要數他自一九六一年至一九八八年，擔任荷蘭阿姆斯特丹的皇家音樂廳管弦樂團首席指揮（一九六一—六三年與Eugen Jochum共同擔任）。皇家音樂廳是世界上數一數二的樂團，從來不輸柏林愛樂及紐約愛樂，但二戰之後，分別帶領柏林愛樂和紐約愛樂的卡拉揚和伯恩斯坦永遠是眾人焦點，成為二戰之後指揮界的代表人物，掩蓋了同期領導皇家音樂廳的海廷克的聲勢。

除了皇家音樂廳，海廷克又曾經出任倫敦愛樂樂團、芝加哥交響樂團、德勒斯登國家管弦樂團的首席指揮；除了交響樂，海廷克也在歌劇界活躍，長時間擔任英國柯芬園的皇家歌劇院音樂總監、英國Glyndebourne歌劇節的音樂總監等等，亮麗的履歷，奠定了海廷克在古典音樂界的地位。

早在離世之前，海廷克實際上已經告別古典樂壇，而且是一個完整、圓滿的告別。二〇一九年的時候，慶祝海廷克的九十歲大壽，當時籌備了很多場音樂會，幾乎跟歐洲所有大樂團都有合作，包括皇家音樂廳、柏林愛樂、維也納愛樂、倫敦交響樂團、慕尼黑的巴伐利亞廣播交響樂團、琉森音樂節等等。最初的時候，他說會在這忙碌的一年之後，放一個假（take a sabbatical）。看他在二〇一九年排得密密麻麻的音樂會，就算不是九十歲，完成之後要休假也是正常。不過，在二〇一九年年中，他在一次訪問中這樣說：「你看，我九十歲了，我說今年之後會休假。我之所以說是休假，因為我實在不想說『我不再指揮了』，我討厭那些正式的告別和再見。當然，事實是我會在今年以後，不再指揮。」

不忍告別，所以海廷克說他是「休假」，一個不會完結的假期。不忍告別，因為不想告別：「指揮這回事，是我唯一在行的事情。我小時候在學校的表現是災難，唯獨到了我開始指揮之後，才明白什麼叫得心應手。」海廷克甚至以「I was really a hopeless case in school」，來形容他自己在學校時的表現。

「所以我一直地指揮，到了現在仍然在指揮。你要知道，八十七歲、仍然在臺上指揮馬勒第三交響曲，其實並不太正常。說實話，我也不知道指揮是否令我不老長壽，我甚至不知道這樣一直下去是否真的是好事。」他在八十七歲的時候接受訪問，談及他會否繼續指揮下去。「但我太太跟我說：不必擔心，因為她會是第一個知道什麼時候我應該停下來的人。」到海廷克九十歲的時候，就是那個要停下來的時候了。

有關於海廷克的指揮生涯，回顧的重點都集中於海廷克的樸實風格，平穩而不造作。我在以前的文章曾經這樣寫過：「他要做一個忠於樂譜的僕人（servant of the score），他指揮是一種 rendition 而不是 interpretation，兩字中譯起來雖然都是演繹，但 rendition 則更不帶個人意志。」有關於海廷克簡潔有力的指揮風格，以及他極其內斂的性格，無疑是海廷克作為指揮的最大標籤。

極簡的指揮手勢，不多言的風格，或許在過去阿巴多或楊頌斯身上，都可找到類似的形容，但這幾位指揮依然是別樹一幟。阿巴多散發的是優雅，楊頌斯表情更豐富，而海廷克則是裡裡外外都沒有添加任何不必要的元素。我想起我最初現場看海廷克的經驗，是在倫敦的巴比肯看他指揮倫敦交響樂演出馬勒第九交響曲。那時候他已八十八歲，身手不再靈活，動作也不多，但整個樂團從樂器的聲音到樂手之間的精神面貌，都用盡全力為指揮臺上的海廷克效力，形成強烈的對比。觀看錄影，年輕時的海廷克也不苟言笑，表情嚴肅；到了晚年一臉慈祥，音樂變得更為動人。

海廷克在倫敦去世，而海廷克的指揮生涯跟英國也密不可分。早年擔任倫敦愛樂首席指揮，帶領樂團在競爭激烈的倫敦古典樂界突圍而出。當時倫敦交響樂團的首席指揮是André Previn，帶有濃厚美國荷里活風格，不像傳統歐陸色彩豐富的海廷克，能夠駕馭德奧傳統音樂。那時候海廷克麾下的倫敦愛樂（與同期、由義大利指揮慕提指揮的愛樂樂團），鋒芒都蓋過同市宿敵的倫敦交響樂團。到了海廷克的晚年，改為跟倫敦交響樂團合作，每年都有音樂會之餘，也推出過不少錄音。

至於海廷克在英國的另一重大貢獻，就是在柯芬園帶領皇家歌劇院演出超過十年。當中發生了一件事，成為海廷克最重要的一段歷史，是有關於海廷克「拯救了」即將倒閉的皇家歌劇院。

事緣發生在九十年代末，當時柯芬園進行翻新，但卻因為欠缺資金而隨時不能重開，歌劇院的樂團、合唱團以至是舞蹈員的前途，出現空前危機。一九九八年，皇家歌劇院在Royal Albert Hall演出，表演華格納的《諸神的黃昏》，在歌劇完結之後，觀眾熱烈拍掌，海廷克這個時候走到臺前，跟場內幾千個觀眾說：「多謝你們。你知道（皇家歌劇院的）情況是怎樣的，已經來到很緊急的時候了。請幫助我們。請寫信給藝術局，跟他們說，要拯救歌劇院。」沉默寡言的海廷克在超大的音樂廳裡開口說話，是幾近不可能發生的事。

二〇一九年的時候，推出了一齣名為*It comes my way...*的海廷克紀錄片，海廷克在片裡面的對談，講了更多當年發生的事。他說，當時歌劇院的樂團和合唱團團員都走來跟他說，希望他可以在演出之後，跟觀眾說一些話，拯救即將倒閉的歌劇院。但海廷克拒絕了：「因為Royal Albert Hall非常大，我也不是好的演說家，我沒有這樣的勇氣。後來樂手們跟當時飾演奧丁（Wotan）的歌手作出同樣的請求，希望這歌手可以為歌劇院說一些話，奧丁最初答應了。孰料奧丁臨陣退縮，並沒有在演出完結之後站出來。」

「到了現在，我仍然不明白自己當時候有哪來的勇氣，會走前一步、跟觀眾對話。一來我已經拒絕了樂團的請求；二來，《諸神的黃昏》是非常艱難的演出，四個小時站在指揮臺上已經精疲力竭。我幾乎是控制不到自己地走到臺前，然後近乎大聲呼喊地，向觀眾說了那些話。」而最後，今天柯芬園裡仍然有皇家歌劇院的存在，海廷克拯救了歌劇院。

無論是阿姆斯特丹的皇家音樂廳，還是英國皇家歌劇院的職位，都是古典樂界最重要的職位之一，很多人用上一生的努力也不可攀，然而對海廷克來說，卻是如紀錄片的片名一樣，一切「隨之而來，自然而然地發生（it comes my way）」。海廷克說：「我不是一個很有野心的人，從來都沒有計劃要做什麼，這其實可能不太好，就像我開始指揮皇家音樂廳的時候，其實真的太年輕了；就算在柯芬園，我也欠缺經驗。」

在海廷克去世之後，《經濟學人》刊登了一篇紀念文章，裡面這樣寫道：「『偉大指揮』很少跟『謙遜』拉上關係，因為指揮臺、指揮棒、晚禮服和那些戲劇化的音樂，指揮家是關於自我（ego），但海廷克卻是例外。」從海廷克的履歷，可見他的地位其實不輸他的同行。他一九六四年就第一次客席指揮柏林愛樂，雙方一直合作至二〇一九年，海廷克和柏林愛樂之間的合作，比卡拉揚還要長。海廷克說，即使那時候常常指揮柏林愛樂，但卻始終沒有跟卡拉揚怎樣交流。「那時候真的太害羞，不敢跟他接觸。到今天，這當然是我的一大遺憾。」

臺灣資深樂評人blue97最新也寫了一篇回憶海廷克的文章（〈海廷克：樸質歸真的另類魅力〉），集中分析海廷克的錄音歷史。文章開首，很準確地形容了海廷克的特點：「沒有明星光環的海廷克，在同輩中是異數，也因為如此，海廷克很少有鐵桿子樂迷，至少我從沒聽過有哪位同好自稱是海廷克粉絲，頂多只是聽過或喜愛他的某張唱片。」有關於海廷克的錄音風格和比較，blue97的文章有很高的參考價值，但重點是：沒有明星光環不等於沒有風格，也不代表海廷克的音樂比同行遜色。海廷克的馬勒和布魯克納全集都是得到絕對的肯定，像海廷克跟柏林愛樂的最後一場音樂會（後來推出了限量黑膠唱片），演奏布魯克納第七交響曲，那是我聽過最優美的樂章。

「指揮的作用是什麼」是個永遠都有人問的問題，而且有些時候，這個問題也並非無的放矢。好的樂團會跟指揮時刻交流，指揮就當然有很大的作用；次一等的樂團，樂手只會緊看樂譜，幾乎兩個小時的音樂會，你都不會看到樂手抬起頭看指揮一次，那個時候，就算臺上的是馬勒或托斯卡尼尼再世，再暴跳如雷也影響不了多少。

在一些老舊的彩排片段，海廷克跟樂團排練馬勒第二交響曲的第二樂章，開始兩句之後海廷克就叫停了樂團，然後說：「我當然知道你們的節奏都比我好，但大家跟著我一個壞的節奏，總好過一百個好的節奏各自為政。」指揮的第一作用，就是將樂譜演繹出來，然後帶領全部樂手在同一節奏光譜之下演出。

對老指揮來說，有些樂曲可能已經演奏過差不多一百次，每個指揮的準備工作都會不一樣。像阿巴多，每次都會用上同一份的總譜，所以總譜的封面都會寫上在哪一年的哪一場音樂會演奏過。而海廷克則是相反，每次都會用全新的、乾淨、沒有任何標記的總譜，重新出發。他說：「無論指揮過那首樂曲幾多次，我都需要從頭再研究一次。每次看，都總會有新的發現。」

在記錄片裡，導演問了海廷克一個問題：「你希望觀眾在聽完你的音樂之後，有什麼收獲？或聽到什麼信息？」這個時候，海廷克停了許久（在紀錄片裡，很多時候海廷克都墮入深層的思考而出現很多停頓），然後說：「我沒有想過這問題。」再過了一陣，他說出：「我希望可以感動到所有人。」

如何感動到人？最重要，或許是要先感動到跟他並肩作戰的樂手們。倫敦交響樂團的首席長笛 Gareth Davies 寫過一本書 *The Show Must Go On*，裡面提到他對常常合作的海廷克的一些回憶。他說，或許觀眾未必可以察覺到指揮的作用，但每次只要是海廷克站在指揮臺上，樂團的聲音都會跟平常（其他指揮帶領下）不一樣。類似的話，拉陶也有說過，無論在Glyndebourne歌劇節還是柏林愛樂，拉陶說：「如果樂團經過海廷克指揮，就算在一個星期之後，樂團的聲音也會變得更有表達力、更有空間感、更放鬆。」

Gareth Davies說，海廷克會接受樂手提出的建議，而且相信樂手的領悟。在綵排中，他稍稍提醒：「這裡是輕聲一點。」然後樂團再試一次，就做到想要的效果了。這個時候，海廷克說：「我覺得我愈少動作，聲音就會愈好。一定是因為你們都要聽得更多（The less I do, the better it sounds. It's because you must listen more.）」Gareth Davies說，海廷克會給予我們很多肯定，一個微笑就已經不一樣。

香港管弦樂團的音樂總監梵志登，十八、十九歲的時候就擔任了皇家音樂廳樂團的樂團首席，那時候樂團的首席指揮、獨具慧眼的，就是海廷克。追憶海廷克，梵志登說：「海廷克對我來說，就像是我父親一樣的啟蒙導師……他深入了解每首音樂，我不知道有哪個指揮會像他一樣，如此認真地看待指揮這技術。他會讓每個樂手都清楚感受到自己在演奏中的責任。」

海廷克的離世，猶如古典樂界失去一顆巨星。我不知道古典音樂是否再無大師，或有沒有人可以達到同樣的高度。但肯定的是，要能夠像海廷克一樣，如此光亮，至少要有他六十多年在指揮臺上的努力，路漫長，要靜候。

維也納之旅

二〇一九年年底，維也納大學的臺灣研究中心成立十周年，舉行了有關「臺灣文化外交」的會議，因此得以短暫逃離那時香港的風風火火，也是疫症之前最後一次的遠行。當時作為會議上的香港人，學者朋友都慰問香港，囑香港加油。

我不知道這樣的問候和祝福，算不算是所謂的「外國勢力」，或是否已是「顏色革命」的一種。在這信息流通世界的年代，政權在那大半年內所釀成的種種事端，其實全世界都看在眼裡。現在世界上很多人為香港擔心傷心，全因為這麼多年來，很多人只要來過香港都會愛上香港。像林夕所寫的歌詞：其實傷心都不過為愛。

因為要去維也納，所以還是找了點相關的書來讀，準備我的維也納之旅。其中一本是作曲家馬勒和他太太阿爾瑪（Alma Mahler）的書信。讀這本書是難得的快樂，特別是頭半部分、兩人相戀時候的書信往來，就像窺探一對在維也納愛得火熱的情侶一樣刺激。或許這就如林夕在同一首歌所寫的下一句歌詞：同樣知／活得開心靠愛。

馬勒不是奧地利人，但如很多音樂家一樣，都花了很長時間在維也納工作和生活。馬勒在世的時候，是一個備受肯定的指揮多於一個得到肯定的作曲家，曾經在維也納國家歌劇院擔任總監超過十年。我去了歌劇院看《馬克白》，坐在最近管弦樂團樂池的座位。一百多年前，馬勒就是站在我眼前的這個位置。看完歌劇之後，慢慢走回維也納大學旁邊的酒店，而在酒店附近的一座住宅大廈，大廈門外鑲了一塊石牌，寫「Gustav Mahler; starb am 18. Mai 1911 ndiesem Hause」，翻譯過來，即馬勒在這裡逝世」。

其實看馬勒和阿爾瑪的書信和愛情，比馬勒年輕近二十歲的阿爾瑪才是真正的看頭。在當時維也納的文藝圈裡，跟阿爾瑪有過感情瓜葛的男人，都是圈中名人。阿爾瑪第一個傾情的男人，就是著名畫家Gustav Klimt，只是當年阿爾瑪的媽媽偷看了女兒的日記，知道Gustav Klimt吻了情竇初開的女兒，阻撓了兩人的發展。而在跟另一位Gustav（馬勒）結婚之前，阿爾瑪也跟另一位作曲家哲林斯基（Alexander von Zemlinsky）愛得火熱。在書信集裡，同樣收入阿爾瑪的日記，她在日記中也寫了不少掙扎，不知道應該選馬勒還是哲林斯基。

那麼馬勒和阿爾瑪兩人在結婚之前，是如何愛得火熱？有一次馬勒邀請了阿爾瑪看他指揮歌劇院演出莫札特的《魔笛》，每一幕完結停頓的時候，馬勒都望向坐在包廂裡的阿爾瑪，整晚的表演，兩人都不斷在四目交投。馬勒在信中說，他的演出、他指揮的每一粒音符、每一個小節，都是獻給阿爾瑪的。

馬勒和阿爾瑪的關係，很快變差。在馬勒差不多逝世的時候，阿爾瑪已開始暗中跟另一個比她年輕的男人交往，而那個男人，就是藝術學校、包浩斯的創辦人——Walter Gropius。後來阿爾瑪跟 Gropius 結婚、生子、離婚，又是另一故事了。

§

難得可以飛到維也納開會，工作之餘當然要感受一下音樂之都，所以在國家歌劇院看了杜明高演唱的《馬克白》，還專程跑到墓園跟馬勒夫婦打聲招呼，以表尊敬。碰巧我在維也納的日子，維也納愛樂樂團出訪亞洲，所以無緣在有名的金色大廳（Wiener Musikverein）看樂團演出，不過塞翁失馬，德國的巴伐利亞廣播交響樂團的巡迴演出剛剛來到奧地利，在首席指揮、來自拉脫維亞的楊頌斯（Mariss Jansons）帶領下來到金色大廳。

上網訂票的時候，只剩一款最便宜的門票——七歐元的「企位」，即要站在距離舞臺最遠的位置。既無選擇，唯有照買，不買就無法進場。音樂會當日，一大早就要演講匯報，幾杯咖啡落肚之後才勉強抵住時差和睡意撐到下午。當時就想：既然只是七歐元、既然只是「企位」、既然幾個月前才在慕尼黑當地聽過巴伐利亞廣播交響樂團〔雖然當時指揮是年輕的夏丁（Daniel Harding）〕，不如放棄就算。不過，想起早一晚跟旅居臺灣的音樂學者金立群教授聊天，他說現在楊頌斯的演出是「演得一場得一場」，能夠看到都是難得，所以我立即灌多一杯咖啡，然後立即出發。

其實楊頌斯的這種「演得一場得一場」的狀態，大大話話已經持續了超過二十年。一九九六年，他在奧斯陸演出的時候，在指揮臺上突然心臟病發、倒落臺下，據當時的樂手憶述，即使楊頌斯倒下之後失去意識，右手仍然繼續著指揮的動作。康復之後，楊頌斯很快恢復指揮，後來更同時擔任阿姆斯特丹的皇家音樂廳管弦樂團（二○一五年卸任）和巴伐利亞廣播交響樂團兩大世界級樂團的首席指揮。

在著名樂評人Tom Service 所著的 *Music as Alchemy*（Faber & Faber 出版），裡面有楊頌斯的訪問，其中談到他病發後的狀態：「現在最困難的地方，是我每次在音樂會之後都用盡所有能量，而且都是內在的能量。因此要在通常一連兩晚的音樂會中，保持同樣的演出、同樣的水準，變得很困難……解決的方法，是我要在音樂中找到更多新的元素，即使是同樣的樂曲。只有這樣，我才能保持能量。」

我去到金色大廳，取票時，多口問一下票務員：今晚的演出還有沒有其他座位？大眼金髮的票務小姐很熱心，幫我查完又查，突然發現有一個空位剛剛釋出，我可以用原來的門票，補差價升級。那座位就在舞臺之上、定音鼓的後方，其實是個臨時的座位，而且視線受阻，但難得可以坐下來聽音樂，我二話不說就付錢。這個座位是在舞臺之上，出入的通道，碰巧跟樂手進場一樣，跟樂團可以說是零距離接觸。在演奏的時候，我從樂手與樂手的譜架狹縫之間，可以正面看到楊頌斯的指揮，這是我第一次現場看楊頌斯的演出，不過也肯定是最後一次。楊頌斯在音樂會後的幾個星期，於聖彼得堡病逝，享年七十六歲。

慶幸自己有去到那一場音樂會，更慶幸那金髮票務員幫忙找到座位，讓我可以從樂手的視角，欣賞這一代的指揮大師。再見了，楊頌斯。

§

二〇一九年逝世的拉脫維亞指揮楊頌斯，二〇二〇年出版德文傳記，中文譯本《為樂而生》也很快面世，對了解這位著名指揮非常重要。

對很多古典樂迷來說，我們對楊頌斯的了解、喜惡，可能永遠都不像對其他有名的指揮一樣直接。在傳記裡，作者 Markus Thiel 說，楊頌斯跟他指揮同業的最大不同，就是永遠都「無法將他歸類」，亦即是形象模糊。跟前輩相比，他固然不像他老師卡拉揚的情感滿溢，也不像伯恩斯坦的大情大性；跟同輩相比，阿巴多是靜默優雅，穆蒂也是滿滿義大利的感覺；甚至後一輩如蒂勒曼也形象鮮明，永遠一副德國右翼分子的模樣。但楊頌斯呢？似乎真的難以歸類。

當然形象鮮明不一定是優點，也不見得真的準確，俄國指揮葛濟夫（Valery Gergiev）形象也鮮明，就是親俄親普丁，也以常常遲到、缺席樂團綵排而聞名。即使作為音樂家，其實專注做好自己已經足夠，楊頌斯就是好例子。在指揮界裡，楊頌斯的履歷絕對不是省油的燈。在一段很長的時間，他同時執掌世界兩大頂尖樂團——阿姆斯特丹的皇家大會堂管弦樂團，和慕尼黑的巴伐利亞廣播交響樂團。在書裡，作者也說柏林愛樂在二〇一五年找拉陶接班人的時候，曾經非常希望楊頌斯可以作為短期過渡的首席指揮（但在這事上，作者大概有點誇大。老指揮如楊頌斯、巴倫邦等名字，或許在當時給輕輕提出，但真正的候選人競爭，始終落在蒂勒曼和之後當選的佩特連科之上）。

如此豐厚的履歷，反映了楊頌斯的地位；而他個人形象不鮮明的特點，又或如作者說「要楊頌斯適應市場需求只有困難可言」，正正成為了楊頌斯的最大賣點。楊頌斯說：「我是怎樣的人、我能夠怎麼做，我就依照這樣行事，這就是跟每天日常生活同樣的事。我們不可以做作，我並不喜歡脫離原則的意料之外，這不是年紀的問題，而是心態；人就是要忠於他自己，不用多說。」

我唯一一次聽楊頌斯的現場指揮，就是二〇一九年在維也納的金色大廳，看他指揮巴伐利亞廣播交響樂團演出布拉姆斯的第四交響曲，在音樂會後的一個月左右，就傳來楊頌斯在俄羅斯逝世的新聞，終年七十六歲。楊頌斯的健康問題，幾乎一直困擾著他的指揮生涯。一九九六年，當他仍然是挪威奧斯陸愛樂樂團總監的時候，在演出普契尼的歌劇《波希米亞人》途中，演到最後樂章時突然心臟病發。楊頌斯起初還繼續硬撐、手繼續揮動，希望可以撐到結尾，但畢竟這是心臟病發，不是意志可以克服的範圍，最後他倒在指揮臺上，嚇壞了音樂廳裡的所有人。

從以往對楊頌斯的形象總是模糊，到讀完書後多少明白這種模糊、不做作，正是楊頌斯的特色。慶幸自己親身看過楊頌斯的晚期演出，而且還是坐在音樂廳臺上加設的座椅、坐在定音鼓的後面，得以正面看楊頌斯的指揮。也是時候，聽回一些楊頌斯的錄音，看看聽出來的音樂有沒有不一樣。

書和酒

你或許聽過喝艾雷島（Isle of Islay）的威士忌，可以配生蠔一起吃喝；但艾雷島的酒，也可以配書一邊讀一邊喝。我選了一支酒，名叫《孤島》，酒廠是艾雷島上的Caol Ila蒸餾、桶號82號，整桶酒一共裝成二百五十六瓶。這支蘇格蘭單一麥芽威士忌，是用來配我的第一本書《孤獨課》的。酒和書，是如何走在一起的呢？

故事是這樣的：準備出版第一本書《孤獨課》的時候，既然是第一次出版（當時也不知會否是唯一一次，幸好最後不是），那就應該好好慶祝一下。但可以怎樣慶祝呢？書裡面的文章，不少談威士忌和生產威士忌的蘇格蘭，最好的方法就是弄一支跟書有關的酒，讓讀者（和自己）可以一邊看書一邊喝酒。但怎樣的酒可以喝出孤獨？我想至少要符合一個條件，就是要從孤獨的島嶼上生產和蒸餾出來。對我來說，最理想的就是艾雷島的酒。

我有幾個賣酒的老朋友，常常借買酒之名到他們的店，除了每次都會帶幾瓶回家之外，更重要的是在那裡喝喝聊聊，白天進去，常常天晚了才離開。有一次，跟在臺灣桃園的酒商朋友說了這個想法之後，剛巧店裡有幾個新來的樣本可以試飲，而且都是來自艾雷島的最大酒廠Caol Ila。試了幾個樣本，都是來自相同的酒廠，同時間蒸餾、也用上相同類型的木桶熟成，但各自有著微妙的不同。威士忌的特別之處，就是因為木桶木質的不一樣，因此每一桶酒都獨一無二。

Caol Ila（是蓋爾語，讀音是Coll Eela），在海岸旁邊，酒廠對岸就是朱拉島（Isle of Jura），當年歐威爾就是把自己困在朱拉島上，寫成《一九八四》。雖然朱拉島上也有一家酒廠，但對岸艾雷島的酒都好喝得多，那時候歐威爾先生一定喝了不少艾雷島威士忌，才能寫成這麼經典的小說。

試酒後，很快就選定了一個樣本。艾雷島的酒，以泥煤的煙熏味聞名，這支酒雖然只有八年左右，但喝起來卻不會太過猛烈，年輕得來卻subtle穩重（對，我是形容酒，不是形容作者），一試就知道是這支酒了。你可能問，為什麼艾雷島會跟孤獨有關？我又為什麼要把酒名為「孤島」？

艾雷島本來就是海島，要登島的話，只有海、空兩種選擇。隨著愈來愈多人喜歡威士忌，所以慕名登島的人也愈來愈多，但無論怎樣，每年的冬天都是海島的淡季，因為很多餐廳旅館都關門休息。原因很簡單，就是冬天一來，來回小島與蘇格蘭本島的交通都常常因大風而停航，停航不只意味遊客不能登島，也代表小島所倚賴的食物、商品得不到供應，甚至島上的供電也會受到影響。這個時候，艾雷島就變成無依無靠的孤島了。

不過，在冬天以外的時候，艾雷島也是最快樂的島嶼，島上的人都友善得出奇，或許是居民太少的關係，對島上的人來說，能在日常跟人碰面已是難得，但更重要的是島上有源源不絕的美酒。這支酒遲了一年才運到香港，剛好撞上瘟疫蔓延，很多人都整天困在家裡。這個時候，就更應該買一本書、買一支酒，好好地過日子。因為就算身處孤島，就算是孤獨，如果可以讀書寫作，還有一杯好喝的酒，還有什麼可怕？

§

V跟我說，去年感覺再差，至少可以去幾天旅行，但現在好像連旅行也去不了，世界變得無處可逃。新垣結衣也有說：逃避可恥但至少有用，因為實際上不是眼睛想旅行，而是身心想旅行，需要放空和充電。從反送中到瘟疫蔓延，一年時間無間斷天災人禍，更可怕的是出路未見，光復無期。偏偏最需要旅行的時候，碰上了自全球化之後人類流動性的最低點，只得待在家中，看旅遊的書就當去了旅遊，喝點當地美酒佳餚就當到此一遊。

我選桶的「孤島」威士忌，酒廠是蘇格蘭艾雷島上的 Caol Ila，這個時候最想去旅行避世的地方就是艾雷島了。村上春樹很多年前寫過短短的遊記，寫艾雷島的美好，但遊記太短，寫得不深入。要看有關艾雷島的書，可以讀品酒作家 Andrew Jefford 的 *Peat Smoke and Spirit: A Portrait of Islay and Its Whiskies*。寫小島的地理和歷史，更重要是寫了各家酒廠的故事，不過書是寫在二〇〇四年，那時候島上還只有七家酒廠，現在已經有九家了。

以前住在英國的時候，久不久就北上，從 London Euston 坐火車到蘇格蘭的格拉斯哥，但旅程並未完成，因為要再開車、然後和車一起坐渡輪到艾雷島。去過艾雷島很多次，去是為了喝酒，也是為了島上的靜好。艾雷島人，好像都簡單快樂，我覺得是因為他／她們從小就每天面對變化不定的天氣，習慣了無情的風風雨雨，「落雨又有什麼可怕」是生活經驗而不是電視廣告。也因為這樣，一天隨時可以見到幾次彩虹。當然，酒是好喝的，去酒廠倉庫直接喝酒桶的酒，如果要在威士忌吧喝這樣的酒，小小一杯動輒過千港元，換算一下你就明白臺灣人所說的「喝到賺到」。

想一想，已幾年沒有到艾雷島了，讀讀 Andrew Jefford 寫 Caol Ila 這家酒廠，再打開酒瓶、閉上眼幻想一下，在樓上單位傳出裝修鑽牆的聲音之前，還真的有一點感覺以為自己回到艾雷島上。「酒廠就在陡峭的斜路盡頭，但當走在路的盡頭時，你差點以為走到地極，因為酒廠在斜路的轉角，只有走到坡道的最低處，你才看到酒廠已經在你身邊，洶湧的海浪拍到岸上，幾乎打在酒廠的外牆。」Caol Ila 其實就在渡輪碼頭的旁邊，在碼頭對開，我試過看到一群海豚在海面穿插。

一個令人想去完再去的地方，不可或缺的是美食。艾雷島的海鮮和餐廳都是一流，有一次民宿房東幫忙，找船家朋友訂了一盤海鮮拼盤，有大大小小蝦類貝類，都是簡單焯熟沒有調味，但那種鮮甜我到現在還清楚記得。

說起這盤海鮮，更有趣的是房東跟我們說，在吃完之後所剩下一大盤蝦殼貝殼，不要倒在垃圾箱裡，把紙巾垃圾等取走之後，直接把這些海鮮廚餘倒在海裡就可以了，這樣最 organic，也是艾雷島人的做法。雖然沒有經過調味，但如此把「垃圾」倒在海裡還是覺得尷尬，但房東一直站在後面「監視」我們一舉一動，也唯有聽從、倒「殼」落海，學做一下艾雷島人。

IV

開門讀書

小狗、石頭和人生

岸政彥是日本社會學家，專研生命史。新書《片斷人間》寫的也是生命（聯經出版，日文書名：《断片的なものの社会学》），不過並不像研究論文裡面寫的一樣，有複雜的結構和邏輯的論述，而是在他的研究過程，在無數的訪談裡面，或他成長生活的日常中，所發生過的一些片段。這些細碎的事，在論文裡或沒有存在的價值，卻往往比論文研究的內容，更縈繞作者心頭，在這書裡一一記下。

作者說，書裡記下的都是「片片斷斷的無用之物」，你可能好奇有多片斷和無用。在書的開首，記下作者一次在沖繩南部的老區做訪問。因為岸政彥研究的是生命史，可以想像他做的訪問，都需要一定時間，與受訪者建立彼此信任的關係。他說，訪問一直做到深夜，突然間，受訪者的兒子從遠處跑來，並且一邊大叫：「爸爸，狗狗死了！」這個時候，空氣短暫凝住，但很快，而且比「應該要凝住」的一段時間，更快地回復平常，受訪者近乎若無其事的繼續回答訪問問題。

在沖繩老區居民的生命史中，一隻深夜死去的小狗，的確怎樣也無法擠進論文裡頭。但在受訪者兒子大叫的那一瞬間，卻成為了整場訪問中最深刻的一個片段，而伴隨著這記憶的，是種種內心的不安和疑問：家裡養了這麼長時間的狗死了，應該很難受吧？兒子會覺得父親的無動於衷，是冷漠和無情嗎？大概一切都因為有個外來的學者在場，所以阻斷了一切情感的流動吧？這一切都太離奇了？

在書裡，岸政彥說他自小就有個奇怪習慣，會從路邊的小石裡頭，隨意撿起一顆然後凝視端詳一段時間。撿起石頭，不是要跟石頭對話溝通，而是感受著與別不同的無可取代。拿在手中的石頭，世界上就只有這一顆是這個形狀，每道凹凸，都讓岸政彥「感動到幾近顫抖」。受訪者死去的狗、路邊的石頭，一切都是「無用」，但從這些無用之事衍生而來的思考和反省，卻成為了一點又一點的註腳。

就像在小朋友時總會玩過，在雜誌刊物的尾頁上，有一堆編了數字的黑點，驟眼看不帶意義，但根據數字次序連上，就會成為圖畫。實際上，我們的生命，就是這些片斷和無用的小點所構成。就如岸政彥說：「這裡我想要表達的，並非『上帝藏在細節中』或『微不足道的小事也能彌足珍貴』之類的大道理。我們的人生或經驗都是毫無意義的。但即使如此——或說『正因如此』——它們才會如此美麗。」

或許一般人都不會在路上撿起石頭沉思，也未必有機會像作者一樣做人生史的研究和訪談，時刻接觸和思考生命。但在我們自己的生命中，也同樣充滿著這些故事和片段，即使看起來多麼的缺乏意義，但對我們來說，都有永遠記住、值得書寫下來的價值。我們的生命，無論如何，都是美麗的。

自討苦吃的場域

早陣子讀到馬世芳在臉書上寫喝咖啡，寫到他外公說喝咖啡是「自討苦吃」。人大了，每天灌上幾杯黑咖啡，馬世芳說：「所謂長大，大概就是那麼回事吧。」

的確，無論是喝咖啡還是喝酒，在很多人長大以後，愛喝、喝到欲罷不能的都是苦味。這種苦味往往不是一般的苦，至少與常人理解的「美味」差千百丈遠。這個時候，心理學家大概可以大派用場，解釋人們自討苦吃的傾向和行為。但作為眾多不斷自討苦吃的其中一人，也可以嘗試解釋。

在我們的生命和生活中，無論是工作上、社會上，抑或是人與人之間的關係，本來就有很多的痛苦充斥其中。這種苦，無論旁人是否理解，只有自己真正明瞭。但儘管是苦，甚至或間歇、或恆常地覺得一切都是徒勞，我們仍然會繼續努力下去，因為在苦的同時，往往會有更多我們渴求的價值和感覺伴隨，或至少我們希望可以通過努力而獲得。聰明如彌爾（J.S. Mill），說過寧願做痛苦的蘇格拉底也不做快樂的豬，因為即使認真思考會帶來無盡痛苦，但思考以後，心境或能澄明。

喝苦的咖啡和苦的酒，其實也是這樣。品味考究的人，會將舌頭傳來的味道，化成一種又一種活生生的生活例子，如皮革的香氣、木頭的味道；或是脫了皮的香蕉、烘乾了的杏仁。但簡單來說：就是把杯裡的苦喝掉，換來的不止是苦，還有不同的味道和香氣，溫柔和細膩。

每喝一口，都像是人生；但喝多少和喝什麼，在咖啡店裡、在酒館裡，我們有選擇的權利。因為生命上太多的東西不能掌控、不能選擇，就是痛苦的蘇格拉底也有累掉的時候；但 c'est la vie，我們仍然希望可以對不能掌握的事情有所掌握。所以我們愛喝苦的東西，其實是愛挑選在苦的背後所隱藏的味道，品嚐苦的魅力。

讀著《大坊咖啡店手記》（新經典文化出版），認真地看著書的封面和開首的幾張照片：一頭白髮的大坊勝次先生、深烘焙的咖啡豆、燈光微暗的咖啡店。我只是覺得，這家二〇一三年底已經關門結業的咖啡店，不只是村上春樹、向田邦子、小澤征爾等文化界大人物喜歡流連，也不只是德國哲學家哈伯馬斯（Jürgen Habermas）所形容的知識分子公共場域（public sphere）。這家曾經存在的咖啡廳，那安靜的環境、大坊先生和他團隊的沉著，實際上是一個讓人「自討苦吃」的場域，讓人可以感受生命、掌控人生的地方。

大坊勝次在書裡，形容著他經營咖啡店的哲學，甚至應該說是規則，就是：「希望周圍的客人能安靜，不要互相干擾……咖啡店最大的好處，或許可以說是想獨處就獨處吧。並不是在沒有人的地方只有自己獨處，而是有其他客人，也有店員的情況獨處。有很多人卻可以不跟任何人說話的地方，或許比沒有任何人的地方更自在安穩，尤其更能享受沉默的寧靜。」大坊咖啡店，賣的是咖啡，也是一個讓人感受苦、和其他一切美好的香氣和味道的地方。

所以當這家咖啡店結業的時候，顧客這樣寫道：「店即使失去了形體，失去的部分，將以更深的記憶，更濃的色彩，留在內心深處。真的非常感謝。」而對於未曾到訪大坊咖啡店、又喜歡自討苦吃的人來說，那就是內心深處的遺憾了。

恐懼和自由

「人一旦遇到緊急情況，即使是平常扔了都無所謂的情報，也開始想要統統抓在手裡，於是對於所有資訊來源就會變得過度敏感。如此一來，就無法再接受音樂這種東西，大概是因為超過感覺的容許限度。」

這段說話，是坂本龍一在他的自傳《音樂使人自由》寫的。這個架起粗框眼鏡、有型到不得了的大叔、音樂家，你不會不認識。在「九一一」發生的時候，坂本龍一就在紐約，他說他近乎本能地拿起照相機，走到街上按下快門，就把眼前的畫面攝下，他說這是義務。然後在接下來的時間，就一直想著離開紐約，同時買了糧食、防毒面罩，還買了四驅的 Range Rover，為的是逃走和避難時可以上山下海。

「我們唯一要恐懼的就是恐懼本身」，羅斯福說的這句話聽很多了，對恐懼這回事形容得近乎輕視一樣，談何容易，但奈何恐懼本身就足以打亂我們的計畫，粉碎我們的生活日常。就像音樂之於一個音樂家，也會因為恐懼將至而要退場、變得無法接受。

坂本龍一說：「人的恐懼如果真的到了極限，或許就會徹底停止思考，但是在達到極限前，卻會拚命思考。」但極限是什麼？何時才是極限？現實上，並不是每件事，都像飛機撞向世貿一樣代表著極限。當我們面對恐懼的時候，我們不知道什麼時候是極限，因為每當我們以為已經到達極限的時候，新的衝擊總會接踵而至，不斷將極限往後推。

你可能好奇，為什麼讀坂本龍一的《音樂使人自由》，我偏偏會說恐懼和極限。這本自傳，記錄坂本龍一的音樂發展，他從在小學時就開始學琴學作曲，到後來加入YMO（Yellow Magic Orchestra）、拍電影和做電影配樂（像最有名的*Merry Christmas, Mr. Lawrence*、末代皇帝等）。音樂是坂本龍一的人生，是他的語言，音樂使他自由，但在面對恐懼的時候（像九一一），他說：「如此一來，就無法再接受音樂這種東西，大概是因為超過感覺的容許限度。」當以為可以在書裡找到音樂如何讓我們感覺到、得到自由的答案時，最後換來的，卻是反映出我們如此脆弱、不堪一擊。

生活很苦悶，時代很沒趣，太多的不仁和太多的不義，讓人呼吸不來。以為至少讀《音樂使人自由》可以使我自由，結果一鼻子灰。幸好，一邊讀書的時候，為了全情投入，我聽著坂本龍一的唱片ＢＴＴＢ。二〇一八年的時候，ＢＴＴＢ推出二十周年，重新印製發行，新版本找了村上春樹寫介紹（多夢幻的組合）。

村上說：「這種音樂（像坂本的BTTB，或法國作曲家Poulenc的音樂），在世界上有絕對需要存在的理由。這種音樂帶有很個人、獨個兒的色彩，或者說，這種音樂本身就代表不害怕孤獨的感覺。這樣的音樂，就像窗外無聲的雨點一樣，透入我們內心，我會很小心安穩地聽這樣的音樂。馬勒、布魯克納的音樂當然都是很出色的音樂，但如果全世界的音樂都是那樣的話，我們都會喘不過氣來。」

自由變得愈來愈遙遠，而恐懼今天也到訪得太過頻繁，根本的問題似乎已經沒法得到解決了，但路仍然要好好走下去的。找點時間，靜下來，聽聽BTTB、聽聽坂本龍一的音樂吧，會感覺好一點，即使沒法因此而得到自由。在未有自由以前，我們還得生活。

不能釋懷

上世紀六、七十年代，冷戰期間，日本有一些平民百姓，先後在海岸的地方，像新潟市、柏崎市、小浜市等等，無故失蹤、人間蒸發。在這些失蹤的人裡面，年紀最少的是個十三歲女孩子。

失蹤的可怕，是一個本來有血有肉的人，像在冰天雪地所呼出的一口氣一樣，轉眼就消失於無形。既無屍體，也沒有死因無可疑的說法。每一宗失蹤的案件，代表的是一個家庭的崩潰和不完整、一段關係的無疾而終。然而不論結果最後如何，是永遠的失蹤，還是尋回已無靈魂的生命，都是大悲劇。

這些忽然消失的日本人，雖各自背景不同，失蹤的時間地點也不一樣，但這些人都有同樣的遭遇，就是給北韓綁架了，強迫為當時的金日成政權服務。服務什麼呢？十三歲的女孩子，不是壽司或拉麵師傅、不是豐田或 Sony 的工程師，把這些人綁架到北韓是為了什麼？難道嫌北韓本土的饑荒不夠嚴重？答案揭曉：將日本平民越洋「帶來」北韓，為的其中一個重要目的，就是用來訓練特工。

那怎樣訓練？就是要這些綁架而來的日本人，從頭到尾將自己在日本國土成長生活的人生故事說出來（即使最短的只有十三年時間，也可能是為了節省時間，才如此無良地綁架女孩子），在哪裡讀書、看什麼電視節目、朋友之間談論什麼著迷什麼，等等等等，都要說出來。一方面教北韓的「準特工們」日語發音，一方面把自己的人生，口耳相傳地把身分複製到「準特工們」的身上，當這些遭綁架的人將身世都完整說出來後，這些人的任務也就完成。這樣做的目的，是希望可以令這些北韓特工們，即使從來沒有吸過一口日本空氣、吃過一粒日本白米，依然可以活像一個日本人。

老實說，到現在我仍然不知道這是哪個天才想出來的方法。六、七十年代，《東京物語》也上映了超過十年，有足夠多的日本電影日本歌曲可以參考了吧。北韓真實特工原來如此訓練出來，兒戲程度遠超《Q版特工》[10]，卻是殘忍千百萬倍。這些失蹤了的平民百姓，到後來給調查出來、經過日本和北韓政權的交涉，北韓在二〇〇二年從實招來，承認有綁架人到北韓的變態恐怖行為。另外，也交出八個名字，說這綁架而來的八人已經死亡，而且是聽起來一點都不陌生的「死因沒可疑」。

自北韓公開承認綁架事件以後，更多人投入調查，尋找恐怖北韓政權處處遮掩的

10　一套在香港曾經流行的少年讀物。

事實，先後有紀錄片、專書，以至漫畫將案件重組出來。最近，法國作家菲耶（Éric Faye）所寫的《日人之蝕》（衛城出版社），就是把整件事以小說的方法，再次書寫出來，讀起來就像看電影一樣，把事件細節人物感情重現眼前。菲耶在書的序言說：書寫這荒誕的悲劇，是要書寫簡單的平民，生活如何在悲劇之中「繼續下去」。而今年六月，那個十三歲女孩的父親、橫田滋先生，因病離世，終年八十七歲。自女兒被綁架後，橫田滋和他的太太在四十多年來，一直沒放棄拯救女兒。

面對恐怖的事情、飽受生活和關係上的崩潰，無論怎樣，最後只能「繼續下去」。然而不論如何繼續活下去都好，恐怖的事情，無論換成怎樣的方法、說多少次也好，再陳述出來、仔細閱讀，都一樣恐怖。有些事，的確，永永遠遠也不能釋懷。但願悲劇不再重演，那已是最大悲劇裡的最好結局。

生命中的輕和重

米蘭．昆德拉的《生命中不能承受之輕》，故事背景是一九六八年的「布拉格之春」。一場民主化運動，引來老大哥蘇聯的不安，隨之入侵捷克將運動鎮壓。這樣的鎮壓，帶來無數的離合，小說裡面的幾位主角也曾經因為暴政，嘗試離開老家捷克逃到瑞士。

在小說很早的部分，特麗莎跟托馬斯提出，想要離開街上滿是俄國裝甲車的捷克，裡頭有一句是這樣寫的：「想要離棄自己生活之地的人不會是快樂的」。在充滿離別的年代，讀到這句說話，也寫得太準確了吧。一切都無關於這些想要離棄自己生活之地的人，最後是去是留；無關於離開的人在新的地方，是否適應下來。當想要離開的想法在不知不覺間萌芽出現以後，就代表在生活中，有一種難以忍受的不快樂在我們心內扎根。

什麼是輕、什麼是重，是小說想要解答的問題。作者說：「輕重的對反是一切對反之中最神祕也最模稜難辨的。」十幾年前，有個政治人物不是說過什麼「留低比離開需要更大勇氣」嗎？他想說的就是去與留的輕重難分。選擇離開是沉重的決定，但為的可能是想像中、能夠脫離現實的一份輕鬆。快樂的人，根本就不需要分這輕重。

《生命中不能承受之輕》表面是愛情故事，但壓根兒要談的是生命，當然愛情本來就是生命的重要部分。米蘭・昆德拉所寫的生命，是由種種偶然所產生，像托馬斯和特麗莎的相遇相識，就由「六個不太可能的偶然」造成的結果，從他踏進旅館的酒吧一刻開始，偶然就已經發生。

米蘭・昆德拉說，日常生活中必然發生的都是無聲，「只有偶然是會說話」。但實際上，很多我們以為自己控制的事情，其實都只是偶然。讀什麼學校、做什麼工作，本來就是很多偶然一起說話的結果。重點只是：在生命中有什麼事，會讓我們想回頭尋找那些曾經說話的偶然。當然，還有更多不在我們控制範圍內的事情、外在的環境，影響著更多更多的偶然。

既然一切都是偶然，一切都看似不在掌控之中，生命看起來竟然是如此的隨意，這是否就是所謂的輕？但生命再輕，我們的感受都依然真實，我們總是能分清快樂和不快樂。人生，真的很複雜。

生命看似隨意，但每個在生命中所作的決定都至關緊要，因為我們知道生命只有一次，而這些決定正正影響著我們的感受。永遠沒有辦法驗證決定的對錯，也就代表我們其實無法比較生命中的決定，是更好還是更壞。就如作者說——任何比較都不存在，一切都是說來就來。

米蘭．昆德拉說：「在物理實驗課上，任何一個中學生都可以做實驗來驗證科學假設的真實性。可是生命只有一次，所以人完全不可能透過實驗來驗證假設，於是，人永遠也無法得知他聽憑感情行事究竟是對是錯。」因為只得一次，過去了，就不復回來，哪怕無從比較決定的對錯，只是決定了就不能回頭，也會決定著我們是痛苦還是快樂。這又是否生命裡的沉重？

嚇壞了嗎

三聯再版了林洙所寫的《梁思成、林徽因與我》，林洙是中國建築史學大師梁思成的第二任妻子。在林徽因去世七年之後，梁思成和林洙結婚，林洙比梁思成年輕差不多三十年，僅僅比梁思成的女兒梁再冰，大一年而已。另外，林洙在嫁給梁思成之前，曾經結婚，有一子一女，林洙的前夫名為程應銓，而程是梁思成的學生，即梁思成與學生的前妻再婚。雖說感情愛情是兩個人的事，但可以想像，梁思成和林洙婚姻是多麼惹人非議。

所以，當在網上搜尋一下林洙的名字，有關於她的人和事，都以負面的多。當中不乏一些指控她書裡的內容，特別是關於林徽因的部分，有欠準確之餘，指林洙其實在詆毀林徽因。

有關於林徽因的故事，除了她和梁思成，當然還有徐志摩和金岳霖。中國當時最一流的人才，都傾倒於這一流女子的裙下。金岳霖和梁思成、林徽因是老朋友，也曾經是鄰居，住在梁、林胡同的後院。有關金岳霖，總是有個老金「終身不娶」的傳說，而其中有這樣的一段往事，或許你們都聽過。

一九三二年的時候，林徽因對梁思成說，她同時愛上兩個人，不知如何是好。梁思成聽完之後呆了一個夜晚，隔天早上向林徽因說：你是自由的，如果你選擇了老金，我祝你們永遠幸福。林徽因將梁思成的這幾句說話，轉告了老金。金岳霖說：看來思成是真正愛你的，我不能去傷害一個真正愛你的人，我應當退出。

這個金、梁、林的傳說，出處就在林洙的這本書中。問題是，現在網上都在反駁這件事情根本不可能發生，當中有幾個原因。一，一九三二年的時候，林徽因跟梁思成已生了梁從誡，不大可能說這樣的話；二，更重要的是，有人翻查時間，那時候金岳霖根本身在美國；三，就算梁、林在思想上如何進步，也大概難以說出這樣的話。因此，林洙書裡的這段故事，準確度成疑。

至於網上其他有關林洙的指控，也包括了林洙曾經在客廳裡將林徽因的畫像拆毀，後來又將梁思成的重要文物拍賣賺錢，更說過林徽因不做飯也不照顧孩子，所以「不是一個好太太」等等。甚至又有傳聞，梁再冰曾經掌摑過這繼母。這些傳聞孰真孰假，不少都死無對證，最好還是不要盡信。

換個角度看林洙與梁思成婚姻，其實像極老套電視劇裡的情節。愈是不被看好不被認同，兩人愈是要在一起，為的是愛，也為了戰勝旁人的質疑。前面提到，林洙有個前夫程應銓，程應銓給劃成右派，林洙隨即和程離婚，子女也因此改姓林，以示脫離關係。跟梁思成再婚之後，梁思成在文革中給紅衛兵批鬥，在書裡，林洙寫道：曾經有人建議她離開梁思成，以保她和她子女的安全。但這一次，林洙沒有選擇離婚。

在書裡，林洙將梁思成當年向她求愛的信都寫出來。梁思成在信裡說，自林徽因去世之後，度過了「二千多個絕對絕對孤寂的黃昏和深夜」，他以為自己習慣了，但跟林洙相處下來，這習慣就不再是習慣了。梁思成說：「我只知道，我已經完全給你『俘虜』了！嚇壞了嗎？」梁思成的這封信，嚇壞了的人，其實又怎只林洙一個？

亂世下的清高

國共內戰之後，蔣、毛兩大獨裁政權各據海峽兩岸。然而在國、共以外，還有所謂第三勢力，殘存於香港和海外，反共之餘，也反對蔣中正的一黨專政，希望能夠建設民主中國。第三勢力的人物裡面，領頭有李宗仁、張發奎、張君勱等人，還有一個名字——顧孟餘。

臺灣的中研院近代史學者黃克武教授，早前在中文大學出版社出版了新書《顧孟餘的清高》，書寫這位近乎隱藏於歷史之中的大人物，記錄顧孟餘的生平。顧是學者出身，曾留學德國，說一口流利德文。學成回國後，受蔡元培之邀加入北大，出任德國文學系及經濟系的教授。民國時期中國一片混亂，有能有志之士如顧孟餘，投筆從政，加入國民黨，作為汪精衛的左右手。在汪蔣合作的時候，顧孟餘擔任了民國的鐵道部長，而部長級職位也是顧孟餘從政的高峰。

顧雖與汪精衛合作無間，更被冠上「汪之靈魂」（周德偉語），但顧孟餘卻極不贊成汪精衛與日議和的主張，因此在一九三八年艷電之後，「汪之靈魂」與汪精衛分離了。之後，顧孟餘逐漸投向蔣介石陣營，二戰期間曾任中央大學校長一職，這也是顧孟餘的最後公職。二戰以後，蔣介石雖多次邀請顧孟餘回朝當官，如行政院副院長之位等，顧孟餘都予以拒絕，而且沒有回國，先後待在香港、日本和美國，活躍於第三勢力陣營，但第三勢力卻始終沒有成為氣候。臨終前三年，才「回到」國民黨執政的臺灣，在一九七二年逝世。

民國時期，就算不是權力的核心，顧孟餘也是遊走於權力核心的左右手。現在回過頭來，閱讀顧孟餘的一生，留下的評價都是顧孟餘的「能隱」（錢穆語），和顧孟餘的「清高」（胡適語），顧是深沉冷靜而思想細密，然而除此以外，顧孟餘幾乎都給淹沒在歷史之中，沒有留下什麼。

顧孟餘顯然是個有想法的人，所以才會在汪蔣之間選擇了汪，並在艷電以後選擇離開汪精衛，改與他並不那麼欣賞的蔣介石作有限度的合作。從顧孟餘的從政生涯，好聽的講法，是看到顧在性格上的左顧右盼，難聽一點則是畏首畏尾的過分小心。以顧的才能，絕對可以走上更高的位置（從書裡可以讀到顧孟餘的地位，不亞於胡適），但顧一方面沒有做到如胡適一樣的不進入政治，也沒有辦法在巧克力味的糞便和糞便味的巧克力之間，做出決定並且全情投入享受細味。最後換來的，就是歷史裡的一道空白，即所謂的清高和能隱。

我們選擇不了身處的時代，但我們能選擇在時代下如何自處。顧孟餘的年代，是動刀動槍的亂世，要在亂世之中做一個怎樣的人，是個永遠困難的抉擇。不過，即使今天我們看顧孟餘的一生，看起來或沒有反映出他的能力和影響力的色彩，但在那曾經亂得不能再亂的亂世之下，作為從政的人，最後能夠保持清高和能隱，或許對顧孟餘、甚至很多人來說，已是對時局的最好回應，也是對「中國往何處去」、「個人往何處去」所給的最佳答案。

老朋友村上

知道村上春樹的新短篇小說集《第一人稱單數》出版，近乎反射動作第一時間跑去書店。每次有村上的新作，長篇也好短篇也好，抑或是散文對談，都充滿期待。感覺就像相隔一年半載，跟一個很可靠、很了解自己的朋友，坐下來見面，吃一餐飯、喝一點酒。席間他細說的、我靜聽的，不必然是蕩氣迴腸的故事，只是家常閒話，夾雜一些碰巧縈繞著他和我心頭的想法。

不少人說，村上漸漸失去魔力，故事變得平淡，讀者失去興趣，聲勢已不如前，年輕一輩都不看了。但對於喜歡村上的人而言，讀村上的文字本來就不是為了高潮迭起。像在新書裡面的其中一篇〈謝肉祭〉裡，小說寫的是一個他和他「認識的人當中最醜的女人」的一些故事。你讀起來，就像是我們生命裡的其中一段時間，一個曾經很要好的人，無聲無息地出現和消失。

村上在這本短篇的最後，這樣寫他所遇到的種種人和事：「那些只不過是我瑣碎人生中發生的一組小事。如今看來，是人生中稍微繞點路的插曲。即使沒發生那種事，我的人生想必也和此時此刻沒太大差別。然而那些記憶，在某個時刻，想必會穿過遙遠的漫漫長路前來造訪我，並且以不可思議的強度撼動我心。」

當然村上寫的不止是瑣事，無論小說長短，故事都關乎愛情和關係，永遠都寫得透徹和真實，哪怕是通過最荒唐怪異的設定，像在〈品川猴的告白〉裡，通過猴子的口，來陳述關於愛情的想法時，也絲毫無損七十二歲的村上春樹對愛情的掌握和理解。猴子說：「我在想，所謂的愛，是我們這樣活下去不可或缺的燃料。那份愛或許有一天會結束。或許不會有美滿結果。但即使愛消失了，即使愛未能開花結果，還是可以繼續抱著自己愛過某人、戀慕過某人的記憶。那也會成為我們的寶貴熱源。如果沒有那樣的熱源，人的心——猴子的心當然也是——最後大概就會變成酷寒的荒蕪野地吧。」

今次新書出版引起的一些討論，無關村上本身，而是繁體中文版本的譯者轉換，由以往的賴明珠換成劉子倩，究竟這是長遠的決定還是短暫的嘗試，未有官方的說法。不少人仔細分析兩位譯者的分別，像臺灣的古典音樂評論人blue97就指出：「翻譯者絕對不是樂迷，理由很簡單，霍洛維茲翻成霍羅威茨……又如，貝多芬鋼琴協奏曲一號，不該是：貝多芬第一號鋼琴協奏曲嗎？」

我不諳翻譯的學問，只有作為讀者的感受。我認為劉子倩的翻譯，總的來說，仍然可以讓讀者感覺到在讀村上春樹。你可能會問：我的意思是賴明珠的村上春樹？其實不然，我不懂日語，但除中文翻譯外，也有讀英文翻譯的村上春樹，好像《第一人稱單數》裡面的好幾篇小說，如〈奶油〉、〈與披頭同行〉，早在《紐約客》裡讀過。讀村上小說的英文翻譯，還是可以讀到那種村上的文體：簡單的文字、大量的比喻、清晰的描寫，讀起來總是沉穩。而今次讀劉子倩的中文翻譯，還是可以把村上春樹翻譯過來。劉不是翻譯界的新人，但作為翻譯村上春樹的新人，絕對是Stage Clear，任務完成。

§

村上春樹的《棄貓》，所寫的實際上跟貓無關，而是一篇寫村上和村上父親的文章。但閱讀《棄貓》，不止是讀村上的文字（原文只有兩萬字左右），而是看臺灣女生高妍所畫的插畫，看畫中的村上春樹和他的貓。所以讀完了書，想到的仍然是貓，想寫一點跟貓有關的事。

我沒有特別喜愛貓狗小動物，即使我知道喜歡小動物是好的形象，但這強求不來。因為從小就給我媽灌輸了貓狗「會咬人」、所以要怕貓狗的講法。老實說，我也不知道這講法從何而來（據說是我媽的父親即我外公有過相關的陰影），但我卻近乎照單全收，很長時間都怕貓怕狗。但慢慢在長大以後，看到的、聽到的，其實只有人類在殘害動物。也隨著V的家裡有貓，而且不止一隻而是三隻，黑色的、白色的和黃色的，慢慢學會跟動物有多一點的相處，至少不會逃走和閃避。

三隻貓裡面，我最喜歡那隻白色胖胖的貓，但我不認為她最喜歡的是我，或許至少不如黃色的那隻那麼喜歡我。黃色的貓，跟白色的同齡（黑色的貓最大），都是V在她們很小很小的時候領養回來，但她們倆（黃和白），不同尺寸不同大小，當然是因為品種不一樣吧。無論如何，不是我自作多情，而是黃色的貓總喜歡跟著我，我坐著的時候又會跳上我的大腿，即使我從來都不喜歡跟貓有太多的身體接觸。或許她誤以為我的閃避，是跟她開玩笑嗎？

到了後來，我很長時間都沒有在香港，跟V就只能夠視像通話，在視像通話裡，黃色的貓又總會自動走到鏡頭前面，我不知道她是否認得出我的聲音？還是認得出螢幕上的那個大頭的人就是我。但她總是在鏡頭前來來回回彈出彈入，她似乎很喜歡得到我的注意。V知道我喜歡白色的肥貓，總是會把她抱在鏡頭前面。但正如我說，白貓沒有很喜歡我，又或者她不是不喜歡我，只是像我一樣不喜歡站在鏡頭前面。就這樣，在我過去幾年沒有在香港的時候，除了V以外，見得最多的就是黃色的貓，一直到我從外地回來。

在難過的二〇二〇年裡，黃色的貓，突然生病，然後很快就離開了。我不知道這算不算是對這糟透的世界所作的最好回應，總之她就是離開了。最傷心和不捨的，當然是領養和照顧她的V和V的家人。我知道生命的沉重，跟生命的大小和生命長短其實沒有關係，因為真正有關係的，其實只有生命和我們之間的關係。

到現在，我仍然常常想起的，是不斷在鏡頭前走來走去的黃色的貓。我不會說我變得想念她跳上我的大腿的感覺，只是我後悔沒有讓她好好成功降落在我的大腿上，如果這樣會令她快樂的話。又或者說，如果她再跳上來，應該是我要快樂，當然，我再沒有這樣的機會了。

《北京零公里》：一部讀懂中國的北京城歷史

「在舌頭的開放、吃喝的自由上，北京總算還行」，陳冠中在新小說《北京零公里》裡面，談北京五湖四海美食雲集的時候，輕輕帶過這句說話。要看清楚，不要弄錯，開放自由的是舌頭吃喝，不是政治經濟。古往今來歷朝歷代，這都是北京城的最佳腳註，沒有例外。

《北京零公里》分內、外、祕三篇，內篇講的是「活貨哪吒城」，所謂活貨哪吒城，簡單說就是北京城的死後世界，但凡在北京城內不正常死亡的人都會成為活貨，跌落活貨哪吒城之中。哪吒城內的活貨，都會帶著臨死前一刻的思念來到死後世界，在哪吒城裡日日夜夜都想著、做著那一件事。舉個例，如果西西弗斯是在北京煤山推石頭的話，如果他又死於非命，那麼他就肯定出現在活貨哪吒城的煤山上繼續推石頭了。這小說的格局設定，驟眼看跟余華的《第七天》相似，陳冠中的「哪吒城」就像余華的「死無葬身之地」，都是死亡一刻的絕望。但實際上，《第七天》寫的只是日常生活的荒誕悲劇，是將社會腐化新聞雜錦堆寫而成的小說；而《北京零公里》卻是一部北京城的歷史，從華夏時期稱為幽州的北京開始，寫元朝開始初定北京內城的框架、革命之後的北平，一直寫到今天中共治下的北京。

這大部頭四百多頁的小說，主要講歷史的內篇，占了全書整整四分之三的篇幅。書出版之後在限聚令下，陳冠中微服走訪書店簽書，我「偶然」遇上。陳冠中說這本書的內篇，根本就是一本歷史書。通過活貨余亞芒自說自話寫成的這部北京城歷史，余亞芒是六四亡魂，死去的一刻，腦中所想的是長大以後要當個歷史學家，所以來到哪吒城後就變成了活貨歷史學家，永永遠遠都在研究歷史。如果將內篇的、余亞芒的自述，裡面所有的「、」和「、、」都用回我們陽間所用上的逗號句號，加上目錄索引，這就真的是徹頭徹尾的歷史書了。不過，即使如今夜了，再願她／他們可以熟睡，終歸也不會再醒來了。所以始終都沒有完結，不會有句號、、

陳冠中所寫的北京城歷史，不只是一般歷史交代的朝代更替，而是集合了二千多年發生在北京城內，無論是皇宮之中、四合院內，抑或街巷之上，或明或暗的北京城歷史。所以讀《北京零公里》，一點也不會感覺到在看《第七天》的離奇荒誕，反而更像讀李歐梵《上海摩登》的北京版本一樣，十里洋場的文化大小事，變成了北京城牆裡外的歷史。

陳冠中寫的北京歷史，有皇室祕聞，像發生在故宮內的明嘉靖帝，好色變態到極

致，沉迷房中術，深信稚女初血是最強春藥，所以專找未成年少女交配，後來更演變至性虐成癮，名乎其實在故宮上演了嘉慶的五十道陰影，幾乎為全北京城女孩子都蒙上陰影；陳冠中也寫北京城的宗教，像哪吒神在民間佛道神話中，可以驅鬼護人，而當時擔當為元朝設計北京城的劉秉忠，同樣深信哪吒神能逐鬼逐邪，完成設計古城畫圖的時候，眼前圖上的北京城竟然就是哪吒一樣的三頭六臂。

除了祕聞宗教，陳冠中所寫的北京歷史，還有很多很多，有近也有遠。像改開之後，陳冠中說當時有文藝政策，規定唱歌表演的人只能「企定定喺度」唱歌，不能又唱又跳，因為邊唱邊跳是「港臺歌手的黃色歌曲唱法」；還有一九八七年開幕的全中國第一家KFC，那時外國人吃炸雞還要用外匯券等等。而在這部北京城歷史中，還有像彩蛋一樣、寫他念茲在茲的北京飲用水。早在《盛世》裡面，水就是小說的核心，而老陳始終還是老陳，說北京的歷史也不能忽略飲用水在北京的歷史。北京長年乾旱少雨，以往各朝代都以水井抽取地下水作飲用，但普遍水質參差，造成井水稍微乾淨就可冠上上佳井泉的美名，如玉泉山水、如京畿玉泉等等。

那陳冠中為什麼要在小說裡，花如此長篇大論、寫北京這二千多年來的歷史呢？當然不只是為了趣味，也不純粹為小說故事發展鋪陳，而是為了認識中國，因為讀懂了帝都二千年的歷史，你就不再為現在發生的一切感到驚奇，而只會驚訝於歷史真的會循環再現。西洋上帝在聖經說：一代過去，一代又來，地卻永遠長存。已有的事，後必再有；已行的事，後必再行，日光之下並無新事。歷史在重演，北京就是這樣。

無論如何改朝換代，其實都是上演著爭權、殺戮、上位的循環，戰亂是常態，太平日子才是少見。那怕像內戰之後中共上臺，毛澤東改變心意、由立志保存古城到最後將古城毀滅拆除，如此行為不是中國唯一，陳冠中就寫了在紫禁城當過一天皇帝的李自成，也試過一夜燒城。不過，現在北京由中共當家，在爭權與殺戮之外還加上共產主義，注定已有的事，不只再有，而且變本加厲。因為中共拆除的不只是城牆，而是一切的思想和意識。幾年前讀朱濤的《梁思成與他的時代》，當中引過梁思成在《一個知識分子的十年》中，寫他老友、哲學家金岳霖跟他說的話：「你學的是工程技術，批判了藝術的一半，還留下工程的一半，至少還留下一半『半錢』。我卻是連根拔掉，一切從新學起。要講痛苦，我比你痛得多，苦得多。但為了人民，這又算什麼呢？」

余亞芒曾經活在中共之下，對中共的點評也比其他朝代來得準確。余亞芒說中共自毛澤東劉少奇在延安整風以降，就建立了黨、建立了如此政統，維護著黨的既得利益，除了極度混亂的文革時期外，一直流傳到鄧小平江澤民胡錦濤習近平，沒有停止過，哪怕是一九八〇年代，也同樣保守。

讀這小說，實際上讀的就是陳冠中對中國的一種判斷。陳冠中住在北京之後，就成為全職作家，看他幾年前的訪問，說他已放棄了所有其他的身分，為的是可以好好書寫中國。然而無論陳冠中的小說如何好看，始終沒有人願意將陳冠中僅僅當成一個作家，因為一直以來，無論他書寫香港、書寫中國，讀的人都會感覺到、他對所書寫的社會，永遠都有一種精準得出奇的連結。對讀者來說，對陳冠中文字、小說的期待，總超過了文學意義上對作家的期待。

牛津出版社將陳冠中的三篇中國小說組成合輯《中國三部曲》，他在開首寫了個簡單的說明，說《盛世》是中國盛世下的微言；《裸命》是跨民族的現實主義成長小說；《建豐二年》是當代中國烏有史的抽樣書寫。我不知道陳冠中對《北京零公里》有怎樣的官方說明，但如果要下個非官方小總結：這小說是對中國、中共的全方位歷史認識。也就是說，歷史就是這樣的了，那你認為明天中國會變成怎樣？難道你真的不知道答案？

城市的衰亡和再生

這幾天看到很多人在網上寫上「一九九七—二〇二〇」，象徵香港已死、一國兩制壽終正寢。但懂得歷史的人都知道，這城市就如所有的城市一樣，其實早已死過，而且不止一次。一個城市的故事，本來就是不斷的衰亡和再生，像一次又一次的生命循環。只是這一次，我們原本給承諾了五十年的壽數，實際卻大幅縮水，連一半過不了。

近來如此低氣壓，唯一僅有的小快樂，是接連有令人期待的小說出版，而且都是寫城市生死的故事。先有陳冠中的《北京零公里》，寫的是宏觀北京城的朝起朝落、幾千年來所經歷過的生生死死；最近則有馬家輝的小說第二部曲——《鴛鴦六七四》隆重登場，寫的是微觀下香港的一次衰亡和再生。

承接第一部的《龍頭鳳尾》，小說寫的是江湖，述說的是香港故事；從龍頭大哥陸南才的故事轉移到第二把交椅「哨牙炳」的身上，由窩囊、唔打得的趙文炳成為主角。原來只是好數口、好女人的阿炳，一個「唔好意思」，就成為了社團大哥大。馬家輝筆下的江湖，從來不是打生打死的爭鬥，而是「無形流動，無始無終」、像水一樣的江湖，以及江湖底下生存的每一個人。構成江湖的是一個又一個不同的面孔，但人只能成為江湖的一部分，永遠不能改變、擊敗江湖。

小說的時間設定，放在二戰前後。那時香港經歷政權更替，英殖政府敗走、日軍政府取而代之，然後過了三年零八個月之後，香港回復原狀。所以短短幾年時間，這個城市死了又生足足兩次。一個城市，可以死亡以至淪陷，易過街名、換了主事人，但香港仍然是香港，因為更重要的是城市裡面的人，那些構成江湖、構成各種風景的人。

日占時期，灣仔變成「東區」，石塘咀變成「藏前」，但只要活著、只要爭氣，就如阿炳的老婆阿冰所說：要活著和爭氣，就是壞時代底下唯一要做而且必須做到的事情。壞事情不一定是壞結局，但即使是壞結局，也不可以讓自己變壞。所以無論是什麼樣的殖民政府，江湖始終爭氣存在。

馬家輝寫第一部小說，始於二〇一四年，那時經歷雨傘運動，後來香港就一直變成現在這樣，連國安法也要立了，第二部小說終於出來。生活在這幾年的香港之中，每天吸著這城市的空氣，時刻感受到這個城市一步一步走進衰亡。在這樣的心情、這樣的背景之下，寫回香港那時候的衰亡和再生，我們讀到感傷，也讀到希望。

在很多很多年後，也會有人寫香港今天的故事，不知道會是如何再生，只是那個故事，將會由一個姓陳的少男和姓潘的少女開始說起：年少無知、談情說愛、因愛成恨、狠下毒手、殺一個人、殺一個城、一國兩制、壽終正寢、蝴蝶效應……馬博士，不如在第三部小說之後，寫個預言小說，寫寫這個城市的再生？

§

但說香港江湖的故事，在刀光劍影之下、槍林彈雨背後，始終不能脫離愛情。從《龍頭鳳尾》開始，寫的都是亂世香港，英國人和日本人，像那道百貨公司的旋轉門，你來我去地交換著。這些外來的主事人，主管著、支配著很多因為不同原因南下而來的「新香港人」，兩部小說寫的就是這些人組集而成的江湖。

但將馬家輝的小說講成是江湖故事，只是對了一半，僅看到表面而沒有認真讀書。無論是《龍》「基情萬種」的主線，抑或是《鴛》炳冰二人的結緣，馬家輝念茲在茲的都是不同男男、女女、男女的愛，那些戰亂的歷史、打殺的江湖，為的都是凸顯在隨時都能經歷生死的生活中、在滿是掙扎的人間，愛是唯一的重要。如果不幸沒有愛，都帶著愛的相反——恨——而生存下來。

我們現在說亂世說得太過輕易，總是忽略了亂世的真正意思。像兩部小說都有重疊到的一段時間，打著世界大戰，日占香港，人和生活的一切都失去了。但亂世的可怕不止是那些已經失去的一切，而是因為失去希望而隨之絕跡的堅持。像一九四一年，香港淪陷，現在我們當然知道那是三年零八個月的黑暗，但在那時候，哪裡知道這段悲慘日子會有多久？說不準餘生都要向日本人鞠躬敬禮？馬家輝在兩本小說裡面，一次又一次通過故事中不同人物展示，無論是江湖龍頭抑或是英人戰俘，都在絕望的時候因為愛（和恨）而撐過來。

舉幾個例子吧：《龍頭鳳尾》的真正「龍頭」張迪臣，昔日洋人警官落在日本人手裡，輾轉再受印度兵凌辱，死去活來之際，走出了最後才出場的小兵哥「阿斌」，張迪臣聯同阿斌一起逃走，上演轉了主角的「龍頭鳳尾」。沒有阿斌，張迪臣或許更早就放棄了，跟陸南才所見的「最後一面」也會不一樣。

來到《鴛鴦六七四》，從來都沒什麼大志的阿炳，選在一九四一年、日本即將殺到之際，跟阿冰結婚，為的是什麼？為的是阿炳所說：「生也好，死也好，嫁給我吧！」一生死也要一起，一起之後，生死再重要也沒有那麼重要了。除了這些主角，拘留營裡的力克、海威格、阿炳千分之一的老相好、妓女阿群，等等等等，都是有他／她們的所愛，因為愛而有希望堅持著。亂世又如何？最美麗仍然是愛，就算帶淚嚐也一樣好吧。

除了愛，還有恨可以讓人撐過亂世，但在兩者之間，馬家輝的小說近乎毫不留情地選擇了愛而放棄講恨。很多年前，還未寫小說的馬家輝，寫了一本很好看的散文集——《愛。江湖》，裡面其實老早就預告了馬家輝小說關懷的是什麼。我們知道江湖有義，但他還寫上：因為有愛，所以江湖多情。不論是《龍頭鳳尾》，或是《鴛鴦六七四》，寫的就是多愛多情的江湖。

浪擊而不沉

藝術界好不熱鬧，先是美國邁阿密 Art Basel 藝術展上的那條香蕉，膠紙貼上牆就以十二萬美元成交（而後來那條香蕉給行為藝術家一口吃掉），旋即引伸永遠都解答不了的問題：什麼是藝術？藝術是「第一個想出來」的創意？還是貼上天價的物件就是藝術？

另一邊廂，隔著半個地球，臺灣雲林縣的北港文化中心，舉行了「雲林文化藝術獎」作品展。就在眾多地方風景的攝影作品中，無故夾雜了一張風格、主題都截然不同的大作品：那是一張國民黨總統參選人——韓國瑜的全家福。主辦單位說：請民眾用欣賞作品的角度來看這張照片。全家福散播溫馨氣氛，讓人看了之後想家、愛家，那相中主角是否韓國瑜一家，又有何問題？藝術與政治的關係是什麼？藝術可否為政治服務？

要好好解答這些問題從來都不易，我還是寫書、談書好過。這次要談的是專寫跟藝術相關的日本小說作家原田舞葉，看作者簡介，原田舞葉在大學修讀藝術史、曾任職於東京六本木「森美術館」（Mori Art Museum），也曾派駐到紐約現代美術館（MoMA）工作。

我接連讀了《黑幕下的格爾尼卡》和《浪擊而不沉》（同為時報出版），讀到小說的故事之外，更讀到作者紮實的藝術史知識。《黑》講畢加索的名作、描繪西班牙城市格爾尼卡遭受德軍轟炸的同名畫作《格爾尼卡》；《浪》則寫荷蘭畫家梵谷與他的弟弟Theo，以及一位日本人——林忠正（Tadamasa Hayashi）的故事。

近年談論梵谷的電影也有好幾部了，像兩年前大熱的動畫電影*Loving Vincent*（香港譯《情謎梵谷》），好看之餘，我們都更熟悉了梵谷兩兄弟的故事（弟弟不斷資助和支持情緒不穩的梵谷畫畫）。

日本傳統藝術，像木版畫上的浮世繪，對梵谷在創作上帶來重大影響（在阿姆斯特丹的梵谷博物館，官方網頁上有網上展覽講梵谷與日本藝術的關係，是我看過最好看的網上展覽之一）。回到一百五十多年前、明治維新之後，日本經過鎖國多年終於對外開放，西方思想技術湧入的同時，日本文化也得以外銷，像葛飾北齋的版畫成為了西方社會趨之若鶩的珍品。法國作曲家德布西（Achille-Claude Debussy）寫下名為「海洋」（La Mer）的交響樂曲，他當時就以葛飾北齋的「神奈川沖浪裡」，作為樂譜的封面。而在德布西的房間裡，也有掛著同一幅畫。德布西的「海洋」與北齋的「沖浪」，有著密不可分的關係。

那麼這個有關梵谷兄弟與日本人的故事，為什麼會名為《浪擊而不沉》？書名這五個字，漂亮得深深刻印在我腦中。浪擊而不沉，意思是即使「流過巴黎中心的塞納河一再氾濫，令城市與居民飽受折磨」，但巴黎這城市始終不沉。梵谷兄弟與日本人，就是在這個城市相遇。對了，一開始的時候，我們問什麼是藝術？我想，能夠浪擊而不沉的，就是藝術了。

倫敦聖誕

過幾天就是聖誕節，一個最好足不出戶的聖誕節。鐵路公司早就說了沒有通宵服務（以往香港的平安夜，地下鐵都會通宵服務），因為不應有節慶的熙來攘往，各自最好留在家裡、跟家人待在一起。雖然不再有節日狂歡，但這樣的聖誕節，反而更有外國氣氛。

聖誕是外國人團聚過節的日子，當然全人類不用工作。想起以前在英國，商店餐廳、交通工具，全部在平安夜的黃昏左右，就關門打烊停止運作，個個都像落雨收柴，裙拉褲甩地趕回家過節。到聖誕節當天，也全日收市（當然還有唐人街繼續運作的，不過會用聖誕特別菜單，特別的不是菜式，而是價錢，至少雙倍）。走在倫敦市中心的街頭，無人無車，那是聖誕的安寧。

近來天氣漸冷，更想念起倫敦的空氣和生活。讀著歷史學家 Tony Judt（東尼．賈德）的《山屋憶往》（*The Memory Chalet*），書的第一部分，是 Tony Judt 對英國和他成長生活的倫敦回憶。Tony Judt 是近代最重要的歷史學家，寫過《戰後歐洲六十年》。他在二〇〇八年確診俗稱「漸凍人症」的運動神經元病，二〇一〇年離世。

確診之後，Tony Judt逐漸失去活動能力，就連說話能力也慢慢失去，就像身體變得僵硬一樣。但同一時間，他的思考、感覺並沒有退卻，靈魂健全，只是再無身體可用，對於思想家如Tony Judt，是最大的折磨。就在這短短的兩年時間，他寫了《山屋憶往》和《厄運之地》，也和Timothy Snyder（沒錯，就是寫小書《暴政》的那位）對談出版了《想想二十世紀》。當他連說話和行動的能力也失去的時候，實在難以想像他用了多少力氣，完成這些著作。

《山屋憶往》是Tony Judt 的回憶自述，寫的不是歐洲歷史，也沒有什麼世界大事，書裡面寫的，只有他的成長和生活。像他寫父親喜歡汽車，而且獨愛法國汽車品牌雪鐵龍（Citroën），買了一架又一架（他說他還是小孩的時候，家裡就先後有過八部雪鐵龍）。Tony Judt 父母都是猶太人，而他父親在芸芸歐洲汽車牌子中，對雪鐵龍情有獨鍾，背後最決定性的原因就是這個牌子的創辦人——安德列．雪鐵龍（André-Gustave Citroën）也是一名猶太人。

但最好看的，還是Tony Judt寫他成長時的英國生活，五、六十年代、二戰後不久，倫敦經歷著「災難性的都市計劃」、「一切事物都以前所未見的速度在改變」；他住在倫敦東南區的普特尼，亦即英超球會富咸（Fulham）的一帶。他如此形容普特尼大街（Putney High Street）:「大街本來可以變得更好，但並沒有，而是缺乏特色，成為英國隨便哪條大街的複製品，從速食連鎖店到手機門市部通通不缺。但是當年的普特尼就是我心中的倫敦……」

即使到了今天，這些本來可以變得更好、但最後並沒有變好的大街，還是可以在倫敦的東南西北隨意找到。Tony Judt寫的是六十年代的回憶，卻仍然是今天很多人對倫敦的印象。

想起這些倫敦的大街，我還記得那些不太像是連鎖、但每條街都總有一兩家的Halal 炸雞店。每當半夜肚餓，或飲酒飲到通宵，甚至是聖誕節的時候（比起唐人街，賣Halal炸雞的在聖誕節不單沒有加價，還多送我兩隻雞翼），這些Halal 炸雞仍然隨時候命，幾乎是全倫敦最可靠的東西之一。今個聖誕，把自己關在家中，買一些炸雞，就當自己過了一個倫敦的聖誕。

新人間叢書 379

重回舊地

作　者—亞　然
執行主編—羅珊珊
校　對—吳如惠、亞　然、羅珊珊
封面設計—兒　日
行銷企劃—林昱豪

總 編 輯—胡金倫
董 事 長—趙政岷
出 版 者—時報文化出版企業股份有限公司
108019臺北市和平西路三段二四〇號四樓
發行專線—（〇二）二三〇六六八四二
讀者服務專線—〇八〇〇二三一七〇五　（〇二）二三〇四七一〇三
讀者服務傳真—（〇二）二三〇四六八五八
郵撥—一九三四四七二四時報文化出版公司
信箱—一〇八九九臺北華江橋郵局第九十九信箱

時報悅讀網—http://www.readingtimes.com.tw
思潮線臉書—https://www.facebook.com/trendage/
時報出版愛讀者—http://www.facebook.com/readingtimes.fans
法律顧問—理律法律事務所　陳長文律師、李念祖律師
印　刷—家佑印刷有限公司
初版一刷—二〇二三年一月十八日
定　價—新臺幣三八〇元
（缺頁或破損的書，請寄回更換）

時報文化出版公司成立於一九七五年，
並於一九九九年股票上櫃公開發行，於二〇〇八年脫離中時集團非屬旺中，
以「尊重智慧與創意的文化事業」為信念。

ISBN 978-626-353-409-4
Printed in Taiwan

重回舊地／亞然著. -- 初版. -- 臺北市：時報文化出版企業股份有限公司, 2023.01
面；　公分

ISBN 978-626-353-409-4（平裝）

855　　111022379